心如皓月

张莉 / 著

图书在版编目（CIP）数据

心如皓月 / 张莉著 . -- 北京：华夏出版社，2020.1
ISBN 978-7-5080-9775-6

Ⅰ.①心… Ⅱ.①张… Ⅲ.①自传体小说 – 中国 – 当代 Ⅳ.① I247.5

中国版本图书馆 CIP 数据核字（2019）第 114278 号

心如皓月

著　　者　张　莉
责任编辑　黄　欣

出版发行　华夏出版社
经　　销　新华书店
印　　刷　三河市少明印刷装订有限公司
装　　订　三河市少明印刷装订有限公司
版　　次　2020 年 1 月北京第 1 版
　　　　　2020 年 1 月北京第 1 次印刷
开　　本　880mm×1230mm　1/32
印　　张　6.5
字　　数　135 千字
定　　价　32.00 元

华夏出版社　　地址：北京市东直门外香河园北里 4 号　　邮编：100028
　　　　　　　网址：www.hxph.com.cn　　电话：（010）64618981
若发现本版图书有印装质量问题，请与我社营销中心联系调换。

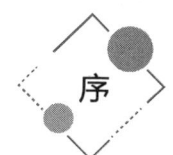

序

张莉直视着我的眼睛,一字一顿地说:"如果有来生,我会是天下最漂亮、最能干的女人。"

张莉可能真的应验了中国民间的一句俗话——心比天高,命比纸薄。

来生太遥远,今生太痛苦,这就是张莉面对的现实。

她与命运的对决,用惨烈、残酷、悲壮来形容,也不为过。

她是重度脑瘫患者,从出生到现在,手和脚都不具备应有的功能,而且随着年岁渐长,她全身开始僵化,手脚完全变形、扭曲,浑身的骨头和关节经常疼痛难忍。她雇不起保姆,只能求社区保洁队一位善心的老姐姐帮忙上下轮椅或上厕所。她的电动轮椅是经过特殊改装的,操纵杆安在她的下巴够得着的地方,要开

心如皓月

车时,她伸长脖子,低下头,用下巴按动开关,车子就动了。她笑称自己在人群中像一只乌龟那样缓慢而又坚定地前行:整个人往前趴着,轮椅背后还驮着一个大包,有时装着自己写的书,有时装着在超市买的菜。

我目睹了那位善心的老姐姐把她从轮椅挪到床上的全过程:因为屋子太小,轮椅进来后,老姐姐只能站在轮椅后面,让张莉面对着床,然后从她身后把她整个人从轮椅上"掀"到床上去。浑身蜷缩成一团的张莉脸朝下跪趴在那里,等老姐姐把轮椅挪走后,再过来把她身子翻过来,扶正了,一点一点地挪到电脑前。在这个尴尬的过程中,张莉笑声朗朗地自嘲:"看见了吧,我每天就是这么生活的。医生曾说我活不过二十岁,但现在我已经活过快三个二十岁,赚了。"

有人说写作是一场智力游戏,而张莉的写作却是个重体力活,要承受精神和肉体的双重痛苦。

她跪在床铺上,用嘴叼起一根竹棍,按下电脑的电源开关,然后用下巴点击鼠标,进入自己的操作界面,再叼起竹棍,在键盘上一下下地按字母键,然后就有一个一个的汉字出现在屏幕上。竹棍是用一个痒痒挠的把儿做的,比筷子粗一些,也长一些,前端包着塑料皮,以减少对键盘的摩擦。张莉说:"这个键盘是新换的,以前那个,按键上的字母都磨没了,没法用了。"

张莉的颈椎也有些僵,但幸亏还能动,假设打一个字平均要按三次键,一本的二十万字小说,她要咬着竹棍用颈椎发力,敲击六十万次键盘。普通人如果这样做,不出一小时就会头晕眼花、疲惫不堪，但她却常常从早晨九点"写"到晚上十二点。

"写作起码有一种好处，能忘却痛苦。"

张莉每说一句话都会笑一笑，笑里有无奈，有自嘲，也有苦涩的幽默和真正的达观："别人都说我有一个神奇的下巴，我的下巴颏什么都能干。"然后她演示了平时怎么读书、怎么翻页。她说自己最喜欢的作家是张爱玲、路遥、琼瑶这三个写作路子完全不搭界的人。

也许张爱玲的灵性、路遥的厚重、琼瑶的浪漫，正是张莉所追求的境界。

品读张莉的日子，最容易让人想到的形象，就是一个冲锋陷阵的士兵。士兵冲锋陷阵需要摸爬滚打，手脚并用，张莉却在手脚都不能动的情况下，用意志力、用惯性、用自己只能滚来滚去的身体拼命向前冲。每一天，每一小时，每一分钟，她都在战斗，与那些无形中的对手战斗——孤寂、疼痛、苦闷，还有创作的艰辛……

真可谓声声啼血，步步惊心。

"我不服。"

这是张莉最大的动力。

九岁被送进福利院，已经等于被家庭抛弃。

你必须相信，人永远无法走出自己的童年，从她被抛弃的那一刻起，她与这个凡俗世界的较量就已经展开。

福利院的孤寂冷落可以忍受，被家庭抛弃的痛永难忘却。

几十年来，张莉所有的努力与奋斗都是为了证明一件事："我是一个有用的人，我比你们更强大，我的头脑更聪明。看不起我

心如皓月

的人都错了,我将赢得世人的尊敬。"

这个看似全世界最不幸的人,因为"不服"而有了强大的内心,因为"不服"而有了专注的定力。几十年来,她把自己唯一能从事的劳作——用嘴叼着"笔"写作做到了极致,连续写出了三本自传体小说。

从这个意义上说,她在文学上的成就,她在精神上的高度,足以用"伟大"来形容。她开启了在厄运之中艰难前行的精神范本,从而一步一步完成从弃儿到强者的转变。她成为作家,并因文结缘,与她心爱的人——一个健全人喜结连理,还有了很帅的儿子。

有人说,上帝为人性写下的最本质的两条密码是:残疾与爱情。残疾即残缺、限制、障碍,是现实。爱情属灵,是梦想,是对美满的祈盼,是无边无垠的,是对残缺的补救。

张莉的这本《心如皓月》主要是怀念自己的亡夫李家绪,记录丈夫走后这个家庭更加难过的日子。她写了丈夫的病,写了丈夫因为穷困不去看病,写了丈夫自己走上了999的救护车却在三个小时后撒手人寰……她写了自己面对丈夫的病时内心的愧疚与挣扎,写了亲友话里话外对自己的抱怨。可是,对于一个吃低保的家庭来说,有病硬扛是唯一可行的办法,除此之外,还有什么法子?

"丈夫是因为照顾我而累死的吗?"这是张莉在日后一遍遍拷问自己灵魂的话。贫困的日子就像塌下来的天,到处是窟窿:儿子要受高等教育,将来还要成家,需要大把的金钱,张莉和丈夫就像那位补天的女娲，拼命写作、卖书，把赚来的钱炼成五彩石，撑起属于自己的那片天。不幸的是，稿费杯水车薪，经常入不敷出。病入膏肓的丈夫嫌年轻人不知道心疼钱，因为儿子买了一袋速冻包子而大为光火，儿子气得要争辩，张莉赶忙两边劝和……这是他们很常见的一种生活状态。可是，这些事他们关起门来没让任何人知道，打开门来，照样以微笑示人。没有哭诉，没有乞求，所有问题都自己扛。也许他们穷得只剩下了尊严，而尊严使他们艰辛的日子有了诗样的意境。

而更加难熬的，是没了丈夫之后的日子。

"是怎样的煎熬，只有我自己心里知道。"张莉如是说。

那是一种无能为力的无力感，那是一种恨不能以命相抵的依恋感，那是一种今后要独自擎天的坚定感。

这是思念之苦，也是思念之美，天堂里的夫君，因了她的思念而得以永生，人间的日子，因了她的坚强而得以光彩。

张莉也因此更能理解晚年的李清照的心境：

寻寻觅觅，冷冷清清，凄凄惨惨戚戚。乍暖还寒时候，最难将息。三杯两盏淡酒，怎敌他、晚来风急？雁过也，正伤心，却是旧时相识。

满地黄花堆积，憔悴损，如今有谁堪摘？守着窗儿，独自怎生得黑？梧桐更兼细雨，到黄昏、点点滴滴。这次第，怎一个愁字了得！

 心如皓月

何以解忧?唯有写作。

如今,丈夫走了,儿子大了,唯有写作才是她人生的全部意义。

面对屏幕上一个个用嘴"敲"出来的字,她的思念,她的感恩,她的爱恋,一点一点呈现。呈现真实的苦难才是艺术之美。对往事的品尝与咀嚼,让她充实而丰满。

写作的人从不会绝望,因为写作在本质上就是对生活的依恋和向往。

她认同史铁生的那句话:其实每时每刻我们都是幸运的,因为任何灾难的前面都可能再加一个"更"字。因此"幸运"的张莉又为我们奉献出她的心血之作《心如皓月》。

皓月当空,对影成双,张莉且舞且行,挥写着属于她自己的独特人生。

不论有多少不幸,不论从哪个角度去品读,张莉都是一个美丽的女人。

凤凰卫视出版中心主任张林
2016年4月9日

目 录 CONTENTS

001 岁月无情，
我再次尝到生活的苦果

017 家绪走了，三口之家崩塌了

028 家绪真的走了，这已不是噩梦

038 母子俩的生活该如何继续

重生后的我，更要活得顽强　**049**

爆竹声声，最难忘那年除夕夜　**060**

告别眼泪，再现坚强的自我　**072**

风雨过后，又看到彩虹　**082**

 心如皓月

089	社会各界的关怀让我更坚强
103	电动轮椅载我走向广阔天地
115	为了改善家境,街头去卖书
122	感谢雁子,让我看到大海

坚强的姐妹们,又一次挺过人生的灾难	**142**
坚强的我,背后喜忧参半	**156**
别无所求,只盼有个栖身的小窝	**170**
年近六旬,依旧在拼搏	**181**

岁月无情,我再次尝到生活的苦果

打开记忆之门,让爱回来;穿越那锥心的痛,把那悲伤的眼泪擦干;温馨的是那份不变的情怀,我追忆的是那一份永远的爱恋……

◆ 张莉和丈夫李家绪

心如皓月

立春后的天气,虽然早晚还有些寒意,但午后却是微风拂面,暖暖的阳光照在身上,感觉格外舒坦。人们蜷缩了一整个漫长的严冬,此时全身的筋骨似乎都已舒展开来。小时工小戈按时来家给我做了午饭,随随便便的一小碗煮挂面端到了我的面前,在我吃饭时,她就回家去做自己的午饭了。午饭过后,我稍稍歇息了一阵。等到小戈吃过午饭来了之后,我就先请她帮助我穿好外衣,坐到电动轮椅上,再帮我把卖书的广告牌拴在电动轮椅的前方,再往那个书箱子里面装上二三十本书,放在轮椅下面的脚蹬上。一切准备就绪,我就驾驶着电动轮椅出了家门。进了电梯,一会儿就到了单元楼的底层。尽管轮椅下方放着一个沉重的书箱子,但却顺利地出了单元门,很轻松地滑过了轮椅坡道。每当此时,我的内心就充满了感激之情:感谢党,感谢社会及各级残联为我们残疾人做的一切。我们这栋楼是廉租房,大部分租户都是老弱病残,为了便于出入,各个单元门前均设有无障碍坡道。自从我们开上了电动轮椅,有关部门把以前单元门前的那道门槛也拆除了,电动轮椅可以说是畅通无阻。出了单元楼,我径直向着地铁13号线上地站奔去。上地站附近还有多个公交车站,每天来往的人流量很大,因此生意也相对好做一点,我常常到那里签名售书。

我在街头卖的书名为《生如残月》,是我历尽艰辛,花费了几年时间才完成的二十几万字的自传体小说。小说中写了我大半生的人生经历及病友们不同的人生坎坷,人世间的悲欢离合……在2007年5月由华夏出版社出版。

如今，几年的时间过去了，我怎么又会孤身一人，开着电动轮椅奔向嘈杂的街头去兜售自己写的书，以赚得一点点微薄收入来维持生活呢？真是一言难尽，写到此处，仿佛又有一把尖刀刺向我内心最痛处。回想起这让人心酸的往事，我只想流泪，可是我的泪水似乎早已流尽，日后无论遇到再多的不幸，我也不会掉下半滴眼泪。您一定会问，在我的自传体小说《生如残月》出版之后，我的生活究竟发生了何等的变故。这也正是我渴望写出本书的原因，在此我会——讲给您听。

　　暂时还是先回到地铁口附近我卖书的现场吧。时间过得好快，转眼间一个下午过去了。抬头望望夕阳，它正缓缓地沉下去，似乎怕勾起无限离愁，于是选择了静静地离去。这只是短暂的分别，明早，温暖的太阳依旧会升起，它将以另一种方式回到我们的身边。我又低头看了一眼拴在轮椅扶手上的手表，时针即将指向五点。我又扫了一眼轮椅前脚蹬上放书的箱子，用下巴拱开电动轮椅的操控器，心里想着收摊，打道回府吧。但是转念一想我又停了下来，天色还早，若赶上上下班高峰，人流量会更大一些，或许能再卖出几本书。我再次将轮椅转回原处，果然一会儿工夫，又卖出了两本书。

　　突然，我感到身边有阵阵凉风吹起，不多一会儿，风就有明显加大的趋势。我下意识地抬起头，只见地上被人们丢弃的购物袋、废纸屑被风吹上了天，在空中飘飘荡荡，好似一只只断了线的风筝。大风掀起了女士们胸前漂亮的丝巾，一位年轻女子的红色丝巾被风卷走了，在风中翻了两个滚儿，落在了路边的草丛里，

心如皓月

她跑着去追自己心爱的丝巾。风明显越刮越大了,我下意识地看了一眼天边,绚丽的晚霞此刻已经不见了踪迹,取而代之的是天地间出现了一片土黄色,风还在加大,天边那成片的土黄色也像厚厚的锅底,向着我们的头顶压下来。我不由自主地叫了一声:"沙尘暴来了!"是的,沙尘暴来了,黄沙滚滚似猛兽。只见黄色的沙尘铺天盖地地撕扯着一切,天昏地暗,狂风怒吼,沙石狂舞在苍穹。

书是卖不成了,我只得调转头回家。此刻室外的能见度已经极低,又正值晚高峰,路上车流人流拥挤难行。肆虐的沙尘暴好似存心在刁难匆匆赶路的人们,我用下巴开动电动轮椅,车轮艰难地滚动着,而狂风继续肆虐。以往电动轮椅在我神奇的下巴掌控下,不能说行动如飞吧,也和其他残疾朋友的车不分上下,可以潇潇洒洒地在路上跑一阵儿。但此时此刻,我却失去了对电动轮椅的掌控能力,阵阵狂风夹杂着黄沙猛烈地向我袭来,尽管我使出全身的力气,用下巴往前拱着电动轮椅的操控器,但车子就是开不动,而且还往后倒,似乎有一匹脱了缰的野马拼命在后面拉着我,使我不能前行。发威的黄沙迎面打来,如无数根针刺在脸上,让我痛苦不堪。眼看着我的轮椅慢慢滑上了上地站附近的过街天桥,一阵大风袭来,我的眼睛里刮进了沙子,不得不把轮椅停在路边,用左手揉眼睛,因为我只有左手才能稍微动弹。揉了好一阵儿,眼里的沙子总算揉出来了,我这才艰难地继续前行。

本应飞驰的轮椅在风沙中被迫放慢了速度,犹如笨拙的蜗牛,在拥挤的路上挪动。回家心切的人们加快了脚步,穿行在车流之中。"大姐,您需要帮忙吗?要不要我送您回家呀?"此时一个小伙子的声音从我的背后传来。话音未落，人已走到我面前，他有一张稚气未脱、热情洋溢的面孔。看着我，小伙子又重复了一句之前的那句话，并伸出双手要帮我推轮椅："这么大的沙尘暴，您自己可怎么走啊？车上还带着这么多书，您家住哪儿？我送您回家吧。"可以说那正是我最无助的时候，小伙子的举动真令我感到温暖，可我还是谢绝了他的好意，坚持自己回家。一路上又有几位好心的路人要帮我推轮椅，也被我一一谢绝了。我真的从内心感激这些好心人，可是我更坚信自己的力量，此时在我的内心回响着一句话，那就是："我自己能行，我能行！"凶猛的沙尘暴也挡不住我回家的路。

走走停停，以往一刻钟的路程我却整整走了一个多小时。终于，透过风沙，可以模糊地看见美和园小区的红色楼群，我胜利地到家了，我又一次战胜了自己，也又一次通过了天气对意志的考验。回到房间已是掌灯时分，小时工小戈已经干完她自己的那份保洁工作，又来做她的第二职业——照顾我了。她先帮我摘下了轮椅前方卖书的广告牌，搬下了书箱子，然后照料着我上了床，帮我换好了衣服，又收拾了一番，之后又很麻利地将晚饭做好，将饭菜端上了桌子。就这样，完成了她这一天照顾我的工作，回家去了。

桌上摆好的饭菜散发出阵阵香味，却怎么也唤不起我一丝食欲。那一刻我只感到异常疲惫，浑身上下就像散了架一样，身体的各个部位都在痛，剧烈的疼痛真的让我无法忍受。饭菜未进一口，我却空着肚子喝了两口酒。常言道：借酒浇愁愁更愁。是有一些借酒浇愁的因素，一杯苦酒里有我长长的思念，有我寂寞的

心如皓月

泪水,有我的百般无奈,但更重要的是,我想借着酒精的威力,让疲惫的身体得到一点点放松,使疼痛减轻一些,再有就是能静静地睡上一会儿。果然,两口酒下肚,头开始有点昏昏沉沉了,身体也有一种飘飘然的感觉,那难以忍受的疼痛自然减轻了许多,只感到一阵难得的舒适遍布全身。随即困意便涌上来,双眼皮开始打架,眼皮沉沉的,真的好想美美地睡上一觉。但是我还是勉强支撑着不让自己睡着,因为儿子还没有回来,我要等他下班回家一起吃饭,这已经成了我现在每天最盼望、最期待的一件事。屋内漆黑一片,悄然无息,小戈走时本来替我打开了台灯,我又用嘴巴叼起小棍把灯关掉了。那时的我已经喜欢上了黑暗,喜欢上了那种静静的感觉。尽管我强打精神,酒精还是发挥了威力,不知不觉中我趴在桌子上迷糊起来。

  我家的猫大抱抱紧紧依偎在我的身边,因为大半天没有见到我了,此时显得和我格外亲热,不管我怎么赶,它就是不肯离开我半步。小东西半张半合着那一对圆圆的双眼,一双耳朵微微竖起,尾巴翘得高高的,喉咙里不时地发出舒坦的呼噜声,那样子,好像是在期待我和它说说话、聊聊天。无论是儿子在校学习期间还是工作之后偶尔出差或是上夜班,孤寂的漫漫长夜,就只有大抱抱陪伴着我,虽然它只是一只猫咪,但对于我来说这个界限似乎早已不存在,我只有一个感觉,大抱抱就是我另一个儿子,在家里排行老二。

  一阵钥匙开门的声音响起,我知道,是儿子回来了,刚刚那一点点涌上的睡意立即消失了。儿子开门进屋,随着他的脚步声响起，寂寞的房间里立刻有了生气。儿子换下衣服便是一阵忙活，把凉了的饭菜重新加热，我们娘儿俩坐下来吃完了饭。儿子走出大学校门已经快一年了，进单位工作也有半年多。作为母亲的我最了解他的性格，他很内向，很不爱说话，话少到了极点。以前面对我，话还多一点，心里有什么事儿或是有什么需求，还能和我叨唠叨唠。可是随着时间的推移，他和我的话也少了，有什么事也不愿和我说了，我问什么他才答什么。我明显觉察到，有的时候他是硬着头皮在回答我的问题。细细地想一想，孩子长大了，已经形成了自己的世界观，对事物有了独特的判断，更是在不断地接受着新生事物，而我已经老了，跟不上时代的脚步。也就是这个缘故吧，他和我之间沟通的话题越来越少了。

虽然我心里明镜一样，但是看到孩子的这一变化，我还是感到不太开心。我盼望儿子能和我说说话，太希望听见他的声音了。所以我只有抓住一起吃饭的空儿套套他的话，例如工作上的事儿，往返路上的见闻……自然是想以提问的方式强迫他和我说说话。尽管他不大情愿开口，但还是能挨个儿回答我的问题。还有一个能和儿子说话的机会，就是每逢电脑出了故障或是手机的功能不会用，我就借此和儿子说会儿话，也能向他学学这方面的知识。可惜这招并不灵，儿子根本没兴趣给我作指导，三下五除二就帮我弄好了。

入夜了，儿子帮我料理好睡前的事情，回到自己的卧室睡觉去了。此时我的房间里又只剩下了我自己，不，还有我家老二大抱抱陪着我，它紧紧地靠在我的身旁，香甜地酣睡着。时钟的指

心如皓月

针虽然已经指向凌晨两点,我却没有一丝睡意,身体的疼痛在无情地折磨着我,不得已,我又吞下了两粒布洛芬。过了一会儿,感到疼痛似乎减轻了一点,我没有躺下,而是顺势趴在面前的桌子上,就想这么静静地待上一会儿。我努力地让自己冷静,什么事情也不去想,可是那一刻我却怎么也抑制不了自己的思绪,往事像脱了缰的野马又一次冲进脑海……

无情的记忆强行把我拉回到那个冬日的夜晚,对于我来说那是怎样的一个夜晚?当记忆复苏时,我禁不住又泪如雨下。平日里,无论如何我都不愿提起那个伤心欲绝的惨痛的夜晚,那段令人心颤的记忆,就在那个夜晚,苍天无情地再一次改写了我的命运,改变了我的后半生,更确切地说,是改变了我们母子俩的生活。

2013年1月8日,那是一个异常寒冷的日子。和往常一样,家绪和我吃过了简简单单的晚饭,说起来真是有点寒酸,是一个星期前儿子回来时从超市里买回来的几个馒头。由于在冰箱里放了多日,馒头已经变得硬邦邦的,放在锅里加热后吃起来口感还可以。家绪没有炒菜,只是打了一点鸡蛋汤。冰箱里剩的半碗炸酱,也是一个星期前儿子回来时做的。我就着鸡蛋汤吃下了半个馒头,抬眼看着家绪,只见他一口馒头一口蛋汤地吃着。他已经患病多日,医生诊断为糖尿病并发症,已经发展为胸腔积水,按医嘱早就应该住院了。但是他却还是那句话:"住院,住院,什么大不了的病?就我这点病,还是那句话,扛一扛就过去了。"听上去似乎是在说大话,不过从进食的状态看,他确实完全不像一个病人,脸上也丝毫未显示出病态。饭桌上我俩还东拉西扯地说着话。

吃了大半个馒头，家绪放下手中的碗筷，起身说不想吃馒头了，再去焖点米饭。不多一会儿，半锅米饭焖好了，他问我吃不吃，我说已经吃饱了，他就给自己盛了大半碗米饭。我坐在一旁愣愣地看着他，感觉此刻他的胃口特别好，好得有点吓人，他怎么吃得那么香？大半碗的米饭，可以说没有停歇，一口接着一口，最后居然一粒米不剩地吃了个精光。剩下的大半碗鸡蛋汤他一仰脖也进了肚，用他的话说就是不能浪费东西。放下碗筷，他没有立刻起身，而是静静地坐在原处歇息了片刻。之后他看看我，手抚摸着自己的肚皮，心满意足地自语道："吃饱了，这回可吃饱了，这顿饭吃得真舒服啊。"他仍然没有起身，顺手拿起一支烟，这可是他多年的习惯了，从我们结婚的那天起就是这样。看见他拿烟，我就说了一句："别抽了，你这才不咳嗽了。"他不满意地看着我，嗓门立刻提高了："怎么，在这个家里我连抽支烟的自由都没了吗？我凭什么要受你的管制……"

看着他那激动的神情，我没有再说什么，泪水都要流出来了。我强忍下这两句冰冷的话语，怕话赶话发生不愉快。稍停片刻我对他说："不让你抽烟，还不是为了你的身体？"话还没说完，他的嗓门更高了："我的身体怎么了？就这点病，跟抽烟有什么关系？"既然不能阻止他，我就不说什么了，只能随他去。那支烟在他的手中被点燃了，果然，刚吸了两口，他就剧烈地咳嗽起来。咳了一阵儿，他背靠着椅子背，等到咳嗽声刚刚停止，又把点燃的烟叼在嘴里慢慢地吸了两口，烟雾缭绕。烟雾逐渐弥漫在小小的房间里，而我早已习惯了这样的烟熏。他大约抽掉了半支烟，

心如皓月

忽然停了下来,那半支烟还在燃烧着,他盯着我看了一会儿,又低头深思了片刻,再抬眼说:"都快两个礼拜了,这个尿孩子也不知道回家看看,他就别要这个家,别要他的爹妈了……"他的口气里充满埋怨。

他口中的"尿孩子"就是我们的儿子壮壮,这是他对孩子一贯的称呼,高兴时这么叫,不高兴时也这么叫。我知道他是想孩子了,因为临近寒假要考试,壮壮说要留在学校里复习,几天前的双休日就没有回来。听着他思念儿子又带有责怪的话,再看看他略带激动的表情,我只得安慰他说:"这不是要考试了吗,壮壮说留在学校里和同学们一起复习,效果要好一些……"没等我的话说完,他猛然提高了嗓门:"什么考试,什么复习,你也信?这个尿孩子别的本事没学会,倒是学会了撒谎。要我说啊,他就是不想回这个家,翅膀硬了,嫌弃我们了,管不了了,爱哪儿去就由他吧……"

他越说越生气,情绪越发激动。看着他,我没有立刻说话。等他又吸了两口烟,情绪稍稍平稳下来,我才好言相劝:"你能不能消消气啊?身体不好就别生气了。孩子不是不回来,这几天确实要考试,咱们不是也巴望着他能考出个好成绩吗?毕了业能找个好一点的工作……"我这么一说,他倒是没有反驳,愣了一会儿。我又安慰他:"儿子不是打电话告诉咱们,考完试马上就回家,还要送你去住院治疗……"一听见我说去住院治疗,他的嗓门立即高了八度:"住院,住院,治疗,治疗,谁说我有病?我看你们是没事干,就是整天地琢磨我。就我这点病,没事儿,还是那句话,扛一扛就过去了。"

他停了片刻,又看看沉默不语的我,没好气地说:"看病,看病,住院,住院,成天想着折腾我。看病,钱呢?你们有钱是不是?"我不和他争执,任凭他说。等他的话说完了我还是忍不住说:"没钱,没钱就不看病了吗?再怎么着也得看病吧?你的身体好,这是我们娘儿俩求之不得的事。我们做梦都在祈祷你的身体没有病,平平安安的,你身体好就是我们娘儿俩的福。眼看就要放寒假了,等孩子回来了,即便不送你去医院,他在家帮着料理一下家务也好啊。"听我这么一说,家绪点了点头,没再说什么。

说起这个周末壮壮没回家的真正原因,留在学校复习固然是一方面,但主要还是这爷儿俩在前一个双休日刚闹了点别扭。那是个周六的上午,刚刚吃过早饭,家绪让儿子壮壮去小营市场买些肉馅、茴香和韭菜,而且一再叮嘱要多买点。儿子问他做什么吃,他说要蒸包子。一句"蒸包子"刚刚说出口,儿子立即转身,把手里的钱扔到了饭桌上:"又蒸包子?还要蒸那么多,您每次一蒸包子都是两三锅,多累啊。咱们一个星期天天吃都吃不完,再说老吃剩的对身体不好……"儿子说着,看看父亲又看看我,没等我俩说话就又说:"别弄了,这几天您身体又不好,有时间还是多休息休息吧。要是想吃包子了,我去超市买点回来。"

说完他伸手又拿起刚刚扔在饭桌上的钱,转身拉开房门就要出去。看见儿子要走,家绪的怒火腾地上了房,他一个箭步追了出去,一下子夺过儿子手中的钱,暴躁地大吼起来:"超市里的包子能吃吗?贵得吓人。买,买,就知道买,你是大款怎么着?说

心如皓月

什么我身体不好,让我多休息,明明是在盼着我早点死……"起初他只是冲着儿子大声地吼叫,可是接着嘴里竟然冒出了脏话。这时儿子也火了,看着正在发火的父亲,唾沫咽了一口又一口。我敢说,如果面前正在发脾气的不是他的父亲,他一定会和对方较量一番。

　　家绪的声音越吼越大,情绪也越发激动,言语更是令人无法接受。看着暴躁的家绪,我根本无力阻止,那一刻我的心里惧怕极了,就怕儿子忍不住和爸爸唇枪舌剑起来。我立即假借自己有事需要帮忙,连声把儿子叫到我们的卧室里,我们一家三口早在几年前就住进了位于清河小营金隅美和园的廉租房。面对气鼓鼓的儿子,我只能低声相劝:"儿子,忍一忍吧,别和你爸较真,他这是让病害的,平时他绝不会这样。"我不由得又叹了口气:"唉,说起来你爸他真的太不容易了……"听了我的话,儿子的气明显消了,看看我,没有再说一句话。要说这犟脾气,他们不愧是亲爷俩儿,真的犟到一块儿了。儿子转身拉开抽屉拿出二十元钱,什么也没说就出去了,不多会儿,手里拎着一袋速冻包子回来,不用说,是从超市里买回来的。

　　看见儿子拎回超市里买的包子,家绪也没再说什么。因为儿子出去之后,我又对他好言劝导一番,好话说尽,费尽心思地调解他们父子的不愉快。每次都是这样,说服了家绪,再说服儿子。我就是巴望着他们父子关系能够融洽。随着孩子年龄的不断增长,他有自己的思维方式,有独立的思想,就不再那么听父母的话了。而家绪的想法却带有浓重的大男子主义。在他的头脑里,他是丈夫，是父亲，就是一家之主，所以在家里，我和儿子必须无条件地服从他，就是因为这个，他们父子之间常常闹出些冲突。每每这时我心里就感到很不安和恐慌，又想不出别的解决方案，只能做个和事佬，说尽好话。用家绪的话说："你一点原则也没有，除了会和稀泥，真不知道你还会干什么……"家绪对我的指责也许是对的，我没有原则，我认为家庭成员之间没有必要讲什么原则。除了和稀泥，我还能做什么？

和每次一样，父子俩为了包子而产生的矛盾由于我的和稀泥暂时平息了下来。表面看上去儿子是没事了，但是心里肯定还是有点在生父亲的气。星期日晚上，他闷闷不乐地吃了几口东西，说是要和同学一起去复习，背起书包就回学校了。临走时他对家绪说了一句："爸，我走了。"听见儿子这句话，家绪什么也没说，只是直直地盯着他。等儿子出门之后，他这才自言自语道："走，走吧，有本事你小子就永远别回这个家！"

对此我心里很清楚，家绪这是让病给闹的，情绪有些一反常态。他心里烦躁，其实他比任何人都清楚自己的身体出了问题，而且问题还不小。只是他这个人太要强，性情也太倔强了，轻易不肯示弱，他希望他在别人的眼里永远是个大男人、家里的顶梁柱，我和儿子不能没有他，这个家不能没有他。是的，这是千真万确的，儿子不能没有父亲，我不能没有丈夫。但是他此刻却生了病，他无法接受这个残酷的现实，为此性情变得异常糟糕，遇到一点不起眼的事就会暴跳如雷……那段日子里，我们娘儿俩要常常面对这种状态的他。尤其是我，什么都不行，一点点事也做

心如皓月

不了,儿子平日住校不在家,还得家绪拖着病体照顾我。我也特别心疼家绪,一个身体不好的人本来是需要别人照料的,可是我却只能坐在床上干着急,什么都不能为他做。为此我的内心常常充满深深的自责和歉疚,无法自拔。面临如此的窘况,不能不使我开始反省自己的婚姻:当初我选择走进婚姻,这难道真的错了吗?我在心里无数次地这样问自己。可是事到如今,还能想什么,还能说什么呢?时光不能倒流……

没有其他的法子,在那种情况之下,我只能强迫着自己节食节水,不管多困难,能自己做的事就尽量自己去做。例如每天早晨起床后要收拾床,我又用起了老办法,嘴和手并用,把被子折起来,再用牙叼起枕头放到被子上。之后再用不听使唤但尚存一点点功能的左手整理一下床单,扫扫床上的灰尘。家绪拖着个病身子,我不忍心再让他推我出门,即使他要我和他一起出去走走,我也会以不想去为由而放弃。在那段艰难的日子里,我盼星星盼月亮,就盼着周末儿子回家,他回来了能帮我们收拾收拾家里,洗洗衣服,还可以推我出去走走,买买菜……

那一刻家绪坐在饭桌边吸完了手里的半支烟,又是一阵干咳,之后他愣了几分钟,站起身要去厨房洗碗。刚刚走了两步,他又退回饭桌边,坐在了椅子上。他说感到心里有点难受,感到憋得慌,喘不上气来,说着又是一阵干咳,并且不停地喘息着。见此情景,我的心里既着急又害怕,之前他也有过类似的状况,只是持续的时间不会太久,上床在被子上靠一会儿或是静静地坐一会儿,在屋内走走就好了。我依照惯例,让他脱鞋上床,靠在被子上闭上眼睛。这次他没有说什么，全都服从了我。时间刚刚过去大约十分钟，他又干咳不止，大口大口地喘息着。他坐了起来，仍不见好转，接着他慢慢地从床边上站起身来，开始在房间内踱步。

我不安地观察着家绪的状态，只见他从卧室走到客厅，又从客厅走回卧室，就这么走了几个来回，依然在不住地干咳，不住地喘息。时间又过去了十来分钟，他突然一屁股坐在了椅子上，咳嗽得更厉害了，剧烈的喘息让他说不出话来，脸色苍白得吓人。我的心跳到了嗓子眼，第一反应就是拨打999，不过还得先征得他的同意，不然他那倔脾气一上来，就会伸手挂断电话。这次却完全出乎我的预料，当他知道我给他拨打999急救电话时居然一点也没有反对，而是点点头说："叫吧，叫吧！"我慌忙拨通了电话。几分钟后急救车就到了，一位年轻的医生双手拎着一包医疗器材推开了我家的门，听完我对家绪病情的陈述，他让家绪平躺在床上，打开带来的医疗器材，给他做了简单的检查。

我急于知道结果，还没等我开口，家绪就气喘吁吁地抢先问道："大夫，我没有什么事儿吧？"从医生脸上的表情可以判断出家绪的情况不容乐观。没有得到医生的回答，家绪又说："大夫，就是有点咳嗽，喘不上气来。您就在家里给我看看，开点药吃就行了。"还没等医生说话，他又来了一句："告诉您啊大夫，我可不去医院啊……"医生摘下听诊器，看着家绪摇摇头："不行，你目前的情况必须马上住院治疗，一刻也不能耽搁了……"医生的话语很沉重，让我明白家绪病情的严重性，此时家绪却还在缠着

心如皓月

医生不去医院。都什么时候了,他依旧是那么固执。我急得流下了眼泪,坚持让他去医院接受检查和治疗。好一阵劝说后,他终于不说话了。这就说明他已经同意急救车带他去医院了,我紧张的心这才稍稍地放了下来。

家绪走了，三口之家崩塌了

病痛中的家绪同意坐 999 急救车去急救中心了，不过临走时还得稍稍准备一下。说起来，跟随 999 急救车一同来的那位年轻的医生还是很热心的，谈吐也很有风度，他见我是个重残人，坐在床上一动都不能动，就帮着家绪做起了准备工作，帮着他从衣橱里取出外衣、帽子、围巾，还扶起家绪帮着他穿好鞋，看见房间里的窗还开着，就帮我关好。家绪强忍着剧烈的咳嗽和喘息，勉强站起身走了两步，伸手打开衣橱的抽屉拿出一个纸袋子，从里边抽出一叠钱，连咳带喘还不慌不忙地数钱，数了一遍又一遍。这一幕把我急坏了，我再也忍不住了："哎呀！这都什么时候了，你还有闲心在那儿数钱？我说这个时候你就别心疼钱了，看病要紧啊！"我着急地和他嚷嚷着。他看看我，没再说什么，数出五千元后，把剩余的钱又放回了抽屉，这时他还没有忘记我刚刚说的话，喘息着回了我一句："什么时候啊？我根本就没有大病，

心如皓月

去看这点毛病你让我拿多少钱啊？"稍停片刻，他又自语了一句："什么都不行，就会败家。"

这个时候无论他说什么，我都不能反驳。看着医生带走了家绪，就在房门被"砰"地关上那一瞬间，我的内心猛地一颤，此时此刻家绪的病态，医生那严肃的表情及沉重的话语，仿佛都是不祥的征兆。我真是心急如焚，反复地问着自己："家绪的病情怎么样，到了急救中心会治好吗？"我一次次问着自己，又一次次地反驳着自己："别瞎想了，家绪一向身体很结实，也许就像他自己说的那样，根本没有什么大病，就是一点点小毛病，吃点药就好了。"我就这么胡思乱想着，甚至这样安慰自己：家绪是被999的医生带走的，说不定到了急救中心，经过医生的诊治，病情就减轻了，他自己就会跑回来的。知夫莫若妻，家绪最不愿去的地方就是医院，最不愿做的事情就是看病吃药。

我最祈盼的就是第二天清晨房门被推开了，走进来的是家绪，我听见的还是他那句话："我就说嘛，我根本就没有什么大病，就你们一惊一乍的，这么一点小毛病，非得把我弄进了医院，怎么样？我这不好好地回来了……"祈盼终归是祈盼，被医生带走的家绪到底会怎么样呢？我又开始埋怨自己：我真是没用，家绪病倒了，照理说我应该护送他去医院，并守护在他身边照料他，可是作为妻子的我却一点儿也不能为他尽力。我又想到了儿子，爸爸病了，第一个要告诉的就是他，于是我打开了手机，但平时很容易做到的事，一着急就慌了手脚，上上下下翻了几遍通讯录也没有找到儿子的手机号。正在这时，家里的固定电话响了，来电的是我以前的病友方芳。

电话里，方芳问我怎么一天都没有上线。眼下已经进入了信息化时代，家家户户都有了电脑，连上了网络，我们也不例外，因身体不便，无法经常见面，网络就成了沟通的手段。晚饭后方芳一直在等着我上QQ，左等右等，我的QQ头像一直没有亮。她知道家绪的身体状况不好，见我没有上QQ，就猜想是不是有什么事儿。她很不放心，便打来电话问问，果然给她猜中了。方芳不来电话还好，那一刻一听见她的声音，我就好像见到了亲人，竟忍不住哽咽起来。一听见哽咽声，方芳就急切地问："你怎么了？快说，什么事啊？你先别哭啊！"方芳的急性子上来了，不等我说话她就着急地问："李哥身体不舒服了？"我哭着和她叙述了事情的经过。

别看在我们姐妹中方芳的年龄最小，她可是个热心肠，无论谁遇上了什么事，有了难处，只要招呼一声，她说到就到，没有二话。听我说完情况，方芳很是着急，她先安慰我，让我别着急，说家绪不会有什么事，去医院检查一下也没有什么不好。之后她说托邻居过来陪一下她的女儿，当时已经是晚上八点钟，女孩子自己在家不放心，等安排妥了就带着她爱人一起来我家。最后方芳又提醒我，别自己坐在家里干着急，先给999打电话问问家绪的病情，他们应该知道，另外给儿子打电话叫他赶紧回来。方芳的话一下子提醒了我，我赶紧把电话拨到了999急救中心，电话转到了负责抢救家绪的医生那儿。"抢救！"听到这两个字，我顿时如五雷轰顶，全身立刻失去了知觉。稍停片刻，我不顾一切地

心如皓月

冲着电话里叫道:"不会,不会!一定是你们误诊了!"我先后打了三次电话,得到的答复都是在抢救,并且让家属立刻赶过去。

刚刚出门的时候,家绪的身体很难受,可是他的意识还是清楚的,他能说话,还可以自己行走,还能跟着医生乘电梯、上急救车,怎么不到一个小时就要抢救了?我不相信,无论如何也不能接受。接下来电话里医生再说什么我都听不清了,空荡荡的房间里只有我的哭声。不一会儿,房门被推开了,方芳带着爱人小胡来了。小胡帮着她坐上我的轮椅进了屋。方芳似乎觉察到事情不妙,她把轮椅摇到床边,为我擦着泪:"你打电话了吗?李哥的病情是不是……"我点点头,告诉她医生说正在抢救。方芳也感到很吃惊,她"啊"了一声,看看我说:"不会吧,李哥的病怎么会到抢救这一步啊?"

那一刻我真的什么想法都没了,只是坐在床上痛哭。此情此景可急坏了方芳两口子,她爱人小胡急得在房间里不停地转悠着,嘴里不停地自语:"这可怎么办?这可怎么办?"方芳拿出自己的手机:"我给壮壮打电话,叫他快点赶回来!"电话里,儿子得知了爸爸的情况,说立刻打车回家。方芳见我只是一个劲儿地哭,可急坏了:"哎呀!我的姐姐啊,现在可不是哭的时候,光哭一点问题都解决不了。眼下得想想办法,在壮壮赶回来之前,有谁能去急救中心看看李哥?这个时候他身边得有个人啊!"是啊,方芳的话又一次提醒了我,我强忍住哭泣,开始给家里的人打电话。电话先打到我哥哥的家里,一连打了几次,都没有人接听。又拨打嫂子的手机,仍然没有人接听。哥哥的手机号不知什么时候我给弄丢了。之后我才得知那天晚上哥嫂有事出去，都忘了带手机。

一时找不到哥嫂，情急之下我就把电话打到了母亲那儿，当时老太太已经上床休息了，是被我的电话铃声吵醒的。知道了家绪的情况，她也急得一时说不出话。母亲已年近八十，家中还有年过八旬、重病缠身的父亲。父亲每日要做三次透析，平日里吃喝拉撒睡一切事都由母亲帮助完成，无论如何母亲是出不来的。拨通了电话我又后悔了，既然母亲不能来，这不是让她陪着我一起干着急吗？可是除此之外我还能怎么办？电话里母亲安慰了我一番，让我先不要着急，她说从家绪平日里的身体情况看，不会有什么意外的。当时我只祈盼着母亲的话会应验，祈盼着家绪能够挺过这一关，平平安安地回到我们的面前……

挂上母亲的电话，我拨通了家绪的弟弟李家康的电话，诉说了他哥哥在999急救中心抢救的情况。我告诉他，眼下急需一个人去看看，因为壮壮正在往回赶的路上，从他学校所在地垡头那边赶回清河小营恐怕还要一段时间。没想到李家康听完我的话有些为难地说，他不能过来，因为最近一段时间他媳妇启和的身体也不太好，脑瘤后遗症又有发展的趋势。脑瘤手术后她的身体本来还是很好的，可以自己走路，可以做一些力所能及的事，思维正常，也能正常说话。但随着年龄的增长，她的病情也在慢慢地恶化，从能摇摇晃晃地走路到现在坐上了轮椅，从意识清醒到每日迷迷糊糊、大小便失禁。李家康说他来不了，尤其是晚上，启和就更离不开人。既然人家这样说了，我还能要求他什么呢？那一刻我最痛恨的就是自己如此无能，不然的话早就赶到了家绪的身旁。

◆ 张莉和丈夫李家绪

除了哭还是哭,我的着急就别提了,那一刻真想一头撞南墙,真的一点办法也没有了。方芳两口子在床边安慰着我:"别着急,别着急,会有办法的!"停了片刻,方芳看看她爱人说:"不行咱俩先去急救中心看看李哥的情况。"她的爱人小胡对她是无条件服从,说着就要走。正在这时,方芳的手机响了,打电话的是她的邻居小高,电话里小高告诉方芳,她的女儿胡平已经睡着了。之后小高又问家绪的情况怎么样。因为之前我常常去方芳家串门儿,常见到小高,互相聊聊,彼此也知道了对方的一些情况。和方芳一样,小高也心直口快,心眼好,是个很热情的人。

方芳告诉了小高家绪的情况,并说要替我去999急救中心看看。小高听后便提出去帮我看看,因为当时天色已晚,零下十几度还刮着大风,怕方芳出行不安全。我一听就急了,因为我知道小高已有八个月的身孕,不久就要生产了,这种情况下怎么能让她去呢？万万不能，可是小高一再坚持。正在这时，电话铃又一次响起，一个噩耗随即传来：近三个小时的抢救未能挽回家绪的生命，他过世了。医生给出的死因是糖尿病并发症导致的胸积水及全身大面积的浮肿，积水压迫心脏导致死亡……那一刻我完全失去了理智，对着电话大声地喊道："不，不！这不是真的，这不是真的！你们在骗人，你们肯定是弄错了，我的丈夫没有死，他没有死，他不能死。我不能没有他，这个家不能没有他！"我就这样没命地大声喊着，不停地号啕大哭。

这个噩耗我第一个通知了儿子，他正乘坐出租车赶往急救中心。接到我的电话，听说爸爸已经过世，知道此刻我自己在家里很悲伤，他便转头回家，想带上我一起去急救中心。我再次给李家康打电话，告诉他哥哥家绪过世的噩耗。他好一会儿没有说话，是心里太难受吧，或是这个噩耗来得太突然。过了一会儿他说夜已深了，坐车也困难了，家里的情况又离不开……不过他答应我，等天亮把家里安排一下，就过来帮忙料理他哥哥的后事，让我们娘儿俩等着他，他来了之后再一起去急救中心。说话间已是深夜一点多钟了，眼泪汪汪的儿子推开了家门。见到儿子我又是一阵号啕大哭，儿子一下子抱住我，我们娘儿俩哭了很久很久。方芳夫妇一直陪着我们，直到快天亮了，因为要照料女儿起床上学，他们夫妇才离开。

我们娘儿俩抱头痛哭了一阵子，之后便是可怕的沉默。转眼间到了第二天的早晨，七点多钟的时候李家康还没有赶到，他家住右安门，从那儿到我家也不近，正是早高峰时段，出行困难。

# 心如皓月

两声敲门声打破了房间里的沉默,我想是李家康来了。儿子起身打开房门,发现来的是朋友信大姐的爱人李老师。他语气沉重地说,信大姐刚刚接到方芳的电话,得知了家绪过世的消息,心里特别难受,很想过来看看我们娘儿俩。不巧这两天她的老毛病又犯了,喘得上不来气,所以叫他过来看看。说着李老师从兜里取出一个纸袋塞给我,说:"这些钱是你大姐的一点心意,办老李的后事需要钱。钱不多,但多多少少能派上点用场。你大姐说了,让你一定要收下。"推辞不掉李老师送上的钱,我只得收下,内心对信大姐夫妇充满了感激之情。

说起信大姐,她是我搬到金隅美和园之后结识的一位挚友。说起来我们姐俩是很有缘的,这份缘还要感谢北京电视台为我做的一档节目。那是在我们搬进美和园的第二年,北京电视台的《北京您早》节目组为我做了专题节目《张莉——用残疾身体书写美好人生》,讲述了我刻苦自学写作的经历以及一家三口的幸福生活。节目中还特别讲述了我写作长篇自传体小说《生如残月》的过程。《生如残月》是我耗时三年多写成的一部长篇自传体小说,书中讲述了我这大半生的故事,以及病友们自立自强与病魔抗争、勇敢生活的事迹……那时书已由华夏出版社出版。

《张莉——用残疾身体书写美好人生》这个节目一经播出,受到不少观众的好评,家绪推着我走在大街上的时候常常被人认出来,人们很热情地和我们打招呼,也就是在那时,我结识了信大姐。一天,家绪去小区旁边的京客隆超市买东西,我在路旁等他。这时一位女士微笑着走近我,她中等的个头,纤细的身材,一身

得体的夏装，短发，一副近视镜架在鼻梁上。走到我的面前，她轻声问了一句："你就是电视里说的张莉吧？"她待人和蔼，说起话来温文尔雅。我点点头，她随即蹲下和我攀谈起来，在交谈中我知道了她姓信，这个姓不常见，倒是很好记，因此我称呼她为信大姐。要说我们和信大姐还是邻居呢，她也住在美和园，家在7号楼，而我们住在12号楼，步行也就是几分钟的距离。

在此后的日子里，我和家绪出去遛弯儿或是买菜时，常常能见到信大姐，她也时不时地来我家看看，还常常给我们买些东西，聊上一阵。再后来我们又结识了信大姐的爱人——一位老清华学子。他待人彬彬有礼，看上去很有点绅士的派头，和我们也很聊得来，一来二去我们两家成了好朋友。一次，信大姐知道我家的电视机坏了，那是用了多年的一台老旧电视机，想修理都没地方修，弃置又有点舍不得。正在我们没有电视看的时候，信大姐夫妇抱来了一台八成新的长虹电视机，那是她家不久前刚刚买的，因为家里有两台电视，知道我家的坏了，就赶忙抱来给我们救救急。我们对他们有着说不出的感激之情。

信大姐的爱人李老师把钱塞给了我，对我们娘儿俩又是一番安慰，然后起身告辞，说还要回家照顾信大姐。他打开房门，正好李家康来了。我给他们做了介绍，李老师又收住了脚步，和李家康攀谈了两句。李家康看上去极为疲惫，双眼红红的，声音嘶哑。刚刚落座还没说上两句话，他的眼泪就又下来了，声音哽咽地和李老师攀谈着。话里话外我听得出，他是在替哥哥家绪叫屈，他似乎认为，家绪不是死于自身的疾病，而是生活压力太大，全

心如皓月

部的家务重担都压在他一个人的肩上,他太劳累了,有了病又没有及时得到医治,更没有一个人能好好地照顾他,等等。

我完全听得出他话里话外的意思,似乎家绪的病逝全都是我的罪过。我承认家绪很辛苦,承认他为了我们娘儿俩、为了我们这个家所付出的一切。娶了个重残的妻子,不但不能为他做一点家务活,反而时时需要他照顾……可是要说病情发展到如此的地步,完全是因我所累,我却是不认可的。但一想都这个时候了,我还能说什么呢?我认了,人家说什么我都认了,即便他指着我的鼻子破口大骂,我也绝不反驳一个字,好在他没有那样做。我们娘儿俩和李家康一起打车去了999急救中心。在阴森森的太平间里,我见到了已过世的家绪。那一刻我想哭,但是已经没有了眼泪,想喊也已经发不出声音。我就静静地坐在那儿,直直地看着家绪。我忽然想:"家绪太累了,他需要歇息,现在该轮到他好好地睡上一觉了,我不能哭,不能喊,不能把他吵醒……"

直到儿子帮着李家康给家绪梳洗完毕,穿好衣服,一切整理好,殡仪馆的工作人员要求我们离开的时候,我才一下子清醒过来,再看看家绪,这个时候的他已经被白布单子盖住了,我知道他离开了我们,抛下我们娘儿俩永远地走了。为什么,为什么,为什么你要走得如此匆忙?为什么不等一等我们娘儿俩?临终时居然一句话都没有留给我们!长路漫漫,日后的生活叫我如何继续?我该怎么办,儿子又该怎么办?儿子推着我朝殡仪馆门外走,我却大声地叫着:"我不走,我不能走,我要留在这里,不能让你爸爸自己待在这儿,我要在这儿陪他!"这时儿子已是满脸泪痕,声音哽咽地劝道:"我爸已经走了,妈你不能这样,咱们回家吧。"看看孩子我又忍不住哭了,是啊,家绪已经走了,再怎么呼喊他也回不来了。

我们将要离开殡仪馆的时候,家绪的叔伯哥嫂赶到了,是李家康在来我家之前通知他们的。说起家绪这位叔伯哥哥,他的命运比家绪哥俩好多了,担任过北京市隆福医院的副院长,当时已经退休。应该说在亲戚里他和家绪的关系最密切。在我们生活最艰难的时期,他给予我们的帮助也很大,每逢年节给孩子压岁钱,还送来吃的穿的。特别是我们结婚生了儿子之后,与他家走动得更频繁了……家绪的叔伯哥哥静静地看着家绪的遗体,过了好一会儿,他忍不住摘下眼镜用纸巾慢慢地擦着,声音颤抖地自语道:"老弟啊,你怎么就这么匆匆忙忙,一声招呼也不打就走了,都不肯再和老哥见上一面……现在我可要说你了,听也得听,不听也得听,你身体有病了为什么不告诉我一声,如果我知道,能让你早早地躺在这儿吗?家绪啊家绪,你可让我怎么说你啊……"

家绪真的走了,这已不是噩梦

今生今世也不能忘记那一天,与我朝夕相处二十余载的爱人家绪走了,抛下了重残的我和正在读大三的儿子。999急救中心那边的事情基本处理完毕,就等着三天后火化家绪的遗体。李家康和家绪的叔伯哥哥自家有事都先回去了。在999急救中心门前送走了他们,之后儿子打车,我们回到了家。推开了房门,我内心的悲痛再也按捺不住,三口之家,如今家里的顶梁柱倒了,这个家仿佛一下子轰然崩塌。

家绪走后的第二天下午三点多钟,两间卧室窗帘紧闭,昏暗的屋子里静悄悄的,没有一点生气,只有我家的猫咪大抱抱趴在床边。一听见开门声它立即跳下床,"喵喵"叫着跑到我们的脚下。它饭碗里的猫粮一粒都没有了,一天一宿没有人顾得上它,它一定饿坏了。儿子立刻给它的碗里加了猫粮,又给它换了半碗水。

可是大抱抱并没有去吃，也没有去喝，还是冲着屋外不停地叫着，叫声很大，显得异常不安。看着它的样子我心里就明白了，这是在寻找家绪，在家庭成员中它最喜欢的是家绪。

  大抱抱到我家，是在我们搬到美和园的第二个年头，临近暑假的时候，有一天儿子放学回家，抱回一只很可爱的小猫，小猫只比手掌稍微大一点，披着一身漂亮的黄白相间的柔软皮毛，圆乎乎的大脑袋，一双圆溜溜的大眼睛特别有神。儿子说小猫是一个同学家的，因为家长嫌小猫太淘气，总是喜欢和人玩耍，尤其夜里不让人睡觉，只要人一睡下，小东西就会钻进被窝挨个儿咬人的脚丫，可把家里人气坏了，因此不让养了。那个同学抱着小猫，手里拎着一个漂亮的猫窝和一袋猫粮，站在路旁徘徊了许久，最后含着泪依依不舍地把猫窝放在了路边的一棵大树底下，又准备把小猫塞进猫窝里，可是小东西似乎预感到接下来要发生的事情，小主人不要它了，四只小爪乱抓乱挠，用尽全身力气挣扎着，张大嘴巴"喵""咪"地叫着，说什么也不进猫窝。一直站在一旁的儿子目睹了这情景，上前向那位同学问清了缘由后，忍不住救下了小猫。小猫的到来自然给家里带来了欢乐，因为我们一家三口都爱猫如命。不过家绪每日又多了一份工作——伺候小猫的吃喝拉撒，对此他却没有一句怨言。小猫倒是很仗义，从不随地大小便，只认定铺好猫砂的盆才是它的厕所。因为小猫特别喜欢和人亲近，总是往人的怀里钻，更喜欢人抱着它，我们娘儿俩商量了一阵就给它取名叫"大抱抱"。每天傍晚闲下来的时候，家绪还要抱着大抱抱下楼去溜达溜达，用他的话说就是："人要出去透透

心如皓月

风,这个小东西也不能总把它关在屋里。"

而此时,已经饿了一天一夜的大抱抱却没有去吃猫粮,看也没看一眼,而是满屋子转悠着,从客厅到卧室,就连厨房和卫生间都不肯放过,最后它见我上了床也跟着跳了上来,卧在我的腿上叫个不停,圆圆的大眼睛直直地看看我,那神情仿佛在询问着什么。我的泪水滴落在大抱抱的身上,俯身亲亲它:"抱抱啊,你的主人走了,他再也不会回来了,再也不会抱着你去外边遛弯儿了……"大抱抱似乎听懂了我的话,它伸出舌头舔舔我的手,低下头不再吭声了。

儿子知道我已经一天一宿水米未进,进了屋稍稍收拾了一下,要给我做点东西吃。可我怎么能吃得下?看着孩子愣愣地站在我面前,我只是摇头。过了一会儿,儿子端着一杯泡好的热茶送到我面前,让我无论如何都要喝上两口。不一会儿房门开了,方芳又自己摇着轮椅来了,她不放心我们娘儿俩,另外想知道家绪后事的料理情况,有没有什么事儿需要她帮忙。她告诉我,天亮回家后她就给信大姐打了电话,把家绪的事告诉了她。方芳说考虑到信大姐离我最近,又是我们的好朋友,想让她来家里安慰安慰我,没有想到正赶上信大姐身体也不舒服。

我告诉方芳,信大姐的爱人清晨已经来过,还硬留下一千块钱。正说着话,电话响了,是我所在的居委会打来的,通知我街道发过年的慰问品,让家绪去领一下。我对着电话哽咽了好一会儿,才说出了那句今生今世也不想说出的话:"家绪已经在昨晚病逝了……"我的话一出口,居委会的人也大为震惊,说他前几天还到居委会办过事。我又何尝不希望这只是一场噩梦,等噩梦醒来,家绪就会健健康康地出现在我的面前,然而他却走了,真真切切地离我们而去了。

搁下了电话,我呆若木鸡地坐在床上,脑子里一片空白,那一刻就像再也不能思考,不知道接下来的事情应该怎么进行。幸好有方芳在,看着我的模样,她说:"姐,你可不能老是这样啊,如今李哥走了,接下来该料理的事还很多,还在等着你拿主意,你要老是这个样子,可让壮壮怎么办呀?再怎么说他还是个孩子啊。"是啊,方芳说得对,家绪走了,接下来还有很多事情在等着我。征得了我的同意,方芳帮忙给我的几位好朋友打了电话,告诉他们,家绪因糖尿病并发症已经病逝……

方芳的电话才打出去一个多小时,多年好友曹雁就敲开了我家的房门。接到方芳电话的时候,她正在参加一个会议,电话里的消息让她感到非常震惊。她说真不敢相信这是真的,在床前拉着我的手好一阵子安慰,并拿出了一万块钱塞给我,还带来了一大堆的营养品。我真的从内心里感激她,在我最需要抚慰的时候她出现在了我面前。但是她送上的一万块钱我却怎么也不肯收下,最后还是她下了命令:"行了,现在可不是你逞强的时候,眼下老李过世了,要办事,哪儿都需要钱……"她硬是把钱塞给了我。曹雁还没有走,《北京社会报》的马记者就敲开了我的房门。该报的总编王小娥接到方芳替我打去的电话,知道了家绪病逝的消息,很想亲自来家里看望我,但是要职在身,难以离开,便派马记者来了,小娥还托付马记者将她自己的一万块钱带给我,并且一定要我收下。

心如皓月

美和园居委会的领导和残联的负责人得知家绪病逝,也拎着慰问品到家中看望我们娘儿俩。他们离我家最近,我住在12号楼,他们的办公地在13号楼,中间只隔着一条不很宽的马路。

天色渐渐地黯淡下来,又是掌灯时分。前来看望的朋友都走了,房间内又显得异常寂静,该是吃晚饭的时候了,可是我家厨房的门自从家绪走了以后还没有打开过。儿子打开厨房门,问我想吃点什么,我仍然摇摇头。他愣了好一会儿,进厨房好歹热了一点剩饭自己吃了,我依旧一动不动地呆坐在床上。以往的三口之家,待在46平方米的小两居室里多多少少有点拥挤,但此刻只剩下了我们娘儿俩,不知怎么地,一下子又显得异常空旷。

天色已经完全黑了下来,晚上九点钟的时候,我的哥嫂赶来了。他们走进房间,首先向我道歉,说昨晚没接到电话,没能及时赶来帮忙。壮壮给舅舅和舅妈搬好了椅子,但是哥哥却没有坐下的意思,他不停地在房间里踱着步,嘴里还不住地自语着:"这可怎么办?这可怎么办?"过了好一阵,他终于停下脚步,坐在了椅子上,眉头紧锁,一脸愁容。

哥嫂先是埋怨我,知道家绪身体有了病,为什么不及时让他去医院看病,以至于拖到无法医治的地步。可是他们哪里知道家绪那个倔脾气,早在一年多前,我发现家绪双脚浮肿,就总说让他去医院看看,说轻了他会敷衍我两句:"看什么看?不就是脚有点肿吗,这点毛病也值得跑医院去?"如果说重了,他脾气上来还会撅我两句。

他病逝前的一个多月,浮肿的情况日趋严重,从双脚到双腿乃至胯部，都有浮肿的现象，我急了，觉得不能再听之任之，就私下和儿子说好带他去看病，趁着星期六休息在家，儿子打电话叫了出租车，让家绪去医院。不出所料，家绪一听就发了脾气，一屁股坐在床沿上，连声嚷嚷，说什么就是不去。出租车在楼下等着，儿子也顾不上什么了，硬是把他拖上了车。上了车，儿子和家绪商量，说要去大一点的医院，可是家绪怎么也不同意，非要去离家近的医院，不然就不去了。没有办法，儿子服从了爸爸。到了中关村医院，医生诊断后建议他立刻到大医院去看。可是自从那次之后，任凭我们说破大天，他再也不去医院了。

哥哥一双忧郁的眼睛直直地看了我好一阵，问我："现在李家绪走了，壮壮还在上大学，而且学校又那么远，根本不能每天回来照顾你，而你离开别人寸步难行，生活中样样都得有人照顾。所以我想问问，你自己想过吗？日后的生活可怎么办啊？"

说真的，自从得知家绪离我们而去的那一刻起，我的全部思绪就已经彻底被粉碎，我还没有接受家绪过世这个现实，哪里还能想到以后的生活该如何继续。听到哥哥问话，我只能茫然地摇头。一旁的嫂子忍不住开口了："自从早晨妈打电话告诉我们李家绪病逝的消息，可把我们急死了，单位那儿又不能请假，你哥哥急得一天都没有吃饭了，这不，一下班就开着车来了。"之后哥嫂又是一阵讨论，话题当然离不开今后我的生活怎么办，由谁来照顾我。壮壮有自己的学业，绝不能把他拴在家里……后来哥哥话锋一转，对我说："我有一个解决你今后生活的办法，你想听听吗？"我仍然沉默着，一句话也没说。过了一会儿哥哥又说："我

心如皓月

和你嫂子都考虑过了,目前解决你生活最好的办法,就是送你去养老院,到了那里,吃喝拉撒,衣食住行,一切都有人照顾,那样的话你的生活问题解决了,也耽误不了壮壮上学,家里人也踏实了……"

哥哥的话好像一把冰冷的铁锤,敲击着我那颗已经破碎滴血的心。我本能地摇摇头,悲伤的泪水一下子又涌了出来:家绪病逝刚刚一天一宿,人还躺在殡仪馆里……我知道哥嫂是为了我日后的生活考虑,可是心里也不免有点埋怨,无论如何也不该这么快就劝我去养老院吧?哥哥见我态度很坚决,也不再说什么,只是坐在那儿唉声叹气。嫂子在一旁劝说着,但无论说什么,我只是摇头。晚上十一点过了,哥嫂才走。

送走了哥嫂,我又是一阵痛哭,我没有其他的本领,哭好像就是当时我的唯一本能。冷静下来回想哥嫂的话,是的,不能不承认他们的考虑有道理。如今家绪已经丢下我们娘儿俩撒手人寰,我生活不能自理,事事都需要别人的照顾。孩子要继续学业,不可能拖着他天天守在家中照顾我。那就听哥嫂的建议去养老院吗?可我真的不能接受。打从二十年前家绪用轮椅推着我走出福利院大门的那一刻,我就发誓:无论今后生活如何艰难,我都绝不再踏进那个门槛。但是万万没想到生活居然这般无情,再次把我推向了绝境。

那一夜我仍然没有躺下睡觉,两眼直勾勾地看着天花板坐到天亮。因为头天在电话里知道了家绪病逝的消息,第二天上午,我所在的北太平庄街道和塔院街道的残联领导和居委会主任等一行人赶到我家慰问。当时是一月上旬,距离春节还有十几天时间,他们带来了过年的慰问品米、面、油等。众人免不了声声沉重的叹息和对家绪深深的惋惜……不过很快大家的目光又都聚焦在我的身上,和哥嫂的考虑如出一辙,那就是老李走了,我今后的生活怎么办,靠孩子来照料绝不是长久之计。最后居委会主任道出了他们的初步安排,也是送我进养老院。当然,这事首先要征得我的同意,绝没有勉强的意思。

众人你一句我一句地劝说着我,很明显,大家觉当时我的出路只有去养老院,否则一天也没法独立生存。临走时街道负责人还告诉我,不用为费用发愁,我既是低保户又是重残人,政府会有补贴的。居委会主任一再叮嘱我好好考虑,等想好了就打电话,他们立刻为我办理。我什么也没说,对于他们这个安排,我是不会轻易点头的。我已经过了知天命的年纪,再不会像四十多年前一样轻易被人送进一个自己根本就不想去的地方。送走了街道和居委会的人,三福来了。当时他还在清河街道工作,任民政科科长。我们搬家到美和园后,他常常来家里看看,问问生活上有什么困难,尤其是逢年过节,不仅上门送慰问品,还会留下钱,说是给孩子的学费。对于他的热情相助,我的内心有着道不尽的感谢,感到今生今世都难以回报他。

安慰我一阵后,三福很快也转向敏感话题,建议我考虑去养老院的事。他说如今家绪过世了,我自己是绝对无法在家中独立生活的,没有人照顾,不仅衣食住行不能解决,还要连累壮壮,让他耽误学业。三福还根据自己的所见所闻,讲了许许多多养老

心如皓月

院和福利院的实例。作为多年的好朋友，我不愿再进福利院和养老院的心情他是知道的。见我始终沉默不语，他又开导道："姐姐啊，现在的福利院、养老院和过去可不一样了，时代进步了，那里的条件当然也变得好多了，再不是你想象中的那个样子……"我依旧沉默，三福又说："姐姐啊，你实在不想去也没关系，可以先去看看，了解一下那儿的具体情况……"

先放下去留的事，我水米未进，坐着熬到了第三天的清晨，这天家绪的遗体就要火化了。我早早地让儿子帮我收拾了一下，穿好衣服，抬我坐上轮椅，准备待会儿一起去殡仪馆。接下来儿子开始收拾爸爸的遗物。我想，如今家绪已去了另一个世界，他生前用过的东西，他喜欢的东西，铺的盖的连同两个枕头，还有四季的衣服，多多少少都要让他带一些走。他在的时候喜欢看书，最喜欢读名人传记和小说，我让儿子从书橱里挑选了几本。他每天在闲暇之余会练习一会儿书法，我就将一瓶刚刚启封的墨汁和几支毛笔给他带上。还有最重要的东西，那就是稿纸和钢笔。在世的时候他爱好文学、写作，也写了不少的东西，说真的，他的文笔确实有一定的功底，写的东西也很有可读性，每每让我折服。还有一个重要因素，我和他是因写作而结缘，因为共同的爱好才走到一起的，所以这两样东西万万不能落下。我挑选了家绪平日里最喜欢用的两支钢笔，吸满了墨水，又拿了一沓稿纸，还有一副老花镜，整整齐齐地放进包里，准备让儿子一起带走。

一切收拾妥当，看看时间也不早了，李家康推门走了进来，他要和我们娘儿俩一同去殡仪馆。儿子推着我刚要走出房门，我猛然间感到一阵天旋地转,眼前一片黑,恶心得直想吐,身子一晃,险些从轮椅上跌下来。看到这种情况,儿子和李家康极力劝说我不要去了,怕到了殡仪馆我再有点什么意外。我坚持要去,要去送家绪最后一程,可是怎么说他们都不同意。正在争执着,朋友们也打来电话劝说我别去了,说那个场面我会承受不住的。

  于是,儿子和李家康赶往了殡仪馆。我待在家中真是如坐针毡,虽然没有到现场,但是眼前却始终浮现着殡仪馆中那生死离别的一幕,我还是无法接受这无情的现实。从医生宣布家绪病逝的那一刻起,我就不相信这是真的。我一直幻想着有这么一个惊喜,像平日里一样,房门被推开了,家绪买菜或是遛弯回来了。我静静地等待着那一刻的出现。临近下午的时候,房门被推开了,走进来的不是家绪,而是儿子,泪汪汪怀抱着他爸爸的骨灰盒站在了我的面前。李家康家里有事没有跟着回来。看看儿子,再看看他怀里的骨灰盒,上面有家绪的照片和名字,我不得不接受了这个最悲伤、最残酷的现实,忍不住趴在骨灰盒上痛哭起来。儿子将我们卧室里的书柜好一阵收拾,最后将家绪的骨灰盒安置在书柜上层。我对着骨灰盒说:"家绪,回家了,咱们还是一家三口,还是生活在一起,朝夕相处……以前你真的太劳累、太辛苦了,让我最后再和你说一句对不起,现在你可以好好地安歇了……"

母子俩的生活该如何继续

家绪真的走了,就算我痛哭不停,千呼万唤,他都不可能复生了,今后的生活,我们母子俩还是要继续下去。我记得很清楚,当时已经快到一月中旬,儿子的学校要进行寒假前的考试。可是在那种情况下,儿子怎么能离开家去学校?如果他走了,留下我一个人在家,我的生存都不能保证。无奈之下,他只得向学校说明原因并请了假。他所就读的建筑与环境设计系的领导、老师、学生会的代表都拎着慰问品到家中看望。那次的寒假考试,儿子未能参加,学校有明文规定,凡是没有参加考试的学生,即便补考成绩再好也只能算每科60分。

儿子放寒假时留在家里,承担起全部的家务,买菜,做饭,洗洗涮涮,照料我的生活……本来就言语不多、性格内向的他,在经历了这场生离死别之后,更是每天几乎不说一句话。有时他那

母子俩的生活该如何继续

焦虑的目光会停留在某一个地方许久、许久不哭不笑。这个精神状态我看在眼里,心急如焚。家绪刚走,儿子万万不能再有什么闪失,如果那样,我的生命也将无法继续了。我祈求上苍让我们平安挺过这场让人悲伤的灾难,尤其要保佑我的儿子,他还这么年轻,人生之路才刚刚开始……我又抬起头,久久地凝望着书柜上家绪的遗像,祈求他保佑我们的儿子,让他坚强起来,勇敢地面对这突如其来的打击。

那一年,也就是2013年,可以说是我人生中最艰难、最悲伤的一年,然而我只能强迫自己忍住悲伤,忍住眼泪,尤其是在儿子面前。倘若我哭哭啼啼、凄凄惨惨,终日以泪洗面,那么儿子该怎么办呢?我要鼓励儿子坚强起来,勇敢面对,人不能被灾难和悲伤吓倒。就在那个时候,我永远不再迈进福利院门槛的想法也开始动摇了。寒假这个月,儿子可以留在家里照顾我,可是等假期一过,儿子回学校了,我又该怎么办?真要因为我毁掉儿子的学业吗?不行,不行!苦苦思索几个昼夜,我明白自己为了孩子必须做出一个痛苦的抉择。正当我准备给居委会打电话询问进养老院的相关事宜时,居委会的电话也来了。我并没直接说想去,只是说想了解一下眼下养老院的情况,居委会主任热情地答应了下来。

家绪病逝后的几天里,家里就不断有人来看望、慰问。这天,得知家绪病逝的北京市第一中级人民法院(以下简称北京一中院)的法官们叩开了我家的房门,和以前一样,领队的是院办公室主任王旸和另一位姓王的主任及马书记。他们不仅给我们娘儿俩送

来了慰问品,还带来全院法官为我们捐出的一万块钱,还有专门给孩子捐赠的三千元学费。和每次来时的气氛大不一样,没有相见的喜悦,每个人的心情都很沉重。王旸说,得知这一消息时大家都惊呆了,他们都感到很突然,老李平日里身体看上去很健康,怎么会一下子就不行了?法官们沉重的言语中带着对老李病逝的深深惋惜……

说起来,我们一家三口和北京一中院结缘,那还得追溯到2007年的春节。记得那年的我过得特别愉快和轻松,内心充满着成就感,因为在春节前我终于完成了二十二万字的自传体小说《生如残月》,这是我历时三年多的心血之作。由于当时我的电脑知识匮乏,写好的文件几度丢失,又几度凭着自己的记忆重新写出来。写作该书,家绪功不可没。当初孙大姐和区残联给我捐了电脑,在我和儿子的影响下,家绪也学会了一些简单的电脑操作。他也喜欢写写东西,我就先教他打字。这样一来,当我写作疲劳的时候,他能帮我打字,我在一旁口述就行了。当然,他的笔头子也比我硬,心情好时会主动帮我润色,不通顺的句子和错别字也能给我修改一下。

《生如残月》终于写完了,我在书中写出了自己大半生的苦乐艰辛,痛并快乐。我用口中的笔讲述了一个不为人知的世界,讲述了一群身体不健全的年轻人的故事,他们用超常的智慧、坚定的毅力、美好的品质,绘制了一幅幅色彩斑斓的生活画卷,讲述了彼此间细腻、真挚、感人的姐妹亲情,讲述了执着、离奇、美妙的婚恋故事。写完我又从头至尾看了几遍,自我感觉还不错,起码自己被自己书中的故事感动了,如果出版,也许多多少少能吸引一些读者的眼球。书是写完了,接下来我又犯了愁,我在内心里问自己:有出版社愿意为我出书吗?这只是长篇的自传,而我只是一名普普通通的残疾人。论文化水平,没有读过一天书,文学功底更谈不上。我只是对写作充满热情,有一种向往,只因为有一个当作家的梦。我对社会可以说没有做出一点点贡献,更没立下过任何的功劳。倘若自掏腰包,出版费对于我来说恐怕也是天文数字。可书都写出来了,不知上苍会不会让那难得的机遇降临到我的身上……

说起来我还是很幸运的,每当我徘徊在生活的十字路口进退两难时,都会得到好心的朋友及全社会的关注与帮助。那是《生如残月》写好一两个月之后的事,此事被好友王小娥知道了,当时她正担任《北京社会报》的总编,很快小娥便打来电话问起该书。得知我的书已经写完,她说很感兴趣,很想看看,让我用邮箱发给她。没过几天,她就给我回了电话,说要帮助我把书出版。接到小娥的电话,我真的兴奋极了,一夜都没有合眼,几年艰辛的写作,几年辛勤的汗水,多次的失败,多次因为灰心而流下的泪水,仿佛都有了回报。

没过几天,小娥便派了《北京社会报》的记者来家,对我进行了专访,专访中我讲述了写作《生如残月》的初衷,以及书中的故事和出版的愿望。专访在《北京社会报》刊出之后,居然在社会上引起不小的轰动,尤其是媒体反响热烈,首先登门采访我的是北京电视台《特别关注》节目组,随后是《七日》节目组。

心如皓月

我和我的书在电视上亮相后没几天,我就接到了华夏出版社负责人打来的电话,说他们在电视里看到我写书的事情,被我刻苦的精神所打动,并表示对我的小说《生如残月》很兴趣,想看看书稿。

书稿通过邮箱发给华夏出版社之后,一天,我的小屋突然被来宾们挤得满满当当,来家看望我的是时任中国残疾人联合会副理事长的吕世明,还有华夏出版社的负责人,此次他们是专为我的书稿而来的。出版社的负责人在看过我的书稿之后给予了很高的评价:朴实、真挚、感人。出版社将此事上报到了中残联,希望残联向社会呼吁,支持我出版《生如残月》。就在那一刻,我激动的心情简直无法用语言表达。也就是从那时起,我结识了中残联的吕世明副理事长,他也是一位下肢残疾人,待人和蔼、真诚,对待我亲如家人。算起来时间已经整整过去了八年,他始终没有停止过对我的关注与帮助,每年都不止一次带着他的爱人和孩子来家里看望我,送钱送物,一直坚持到如今。

又过了几天,我得到邀请,出席了CCTV"春暖2007"爱心总动员文艺晚会,晚会是由中央台电视台经济频道发起,中国残疾人联合会、中国残疾人福利基金会、中国残疾人事业新闻宣传促进会等共同推出的大型助残公益活动。国际艾美影后何琳,香港歌手容祖儿、内地艺人赵薇、满文军出席。晚会主题之一就是"共圆残疾人文学梦"。晚会上说:"希望我们的爱心像一本书,一本满载思想、爱心的书传递给别人,看后能留在人们的脑海里,留在脑海里的那部分爱心,会改变未来他们的言行,让他们做更多有爱心的事情。将残疾人的梦变为现实,让他们的梦去感动这个世界,去传递爱的力量。"

在那次晚会上,我似乎成了全场焦点。在一阵热烈的掌声中,我作为"共圆残疾人文学梦"项目的爱心代表被请到了台上,主持人何琳向所有出席晚会的嘉宾介绍了我,并讲述了我顽强自学、刻苦写作的经历。为了表达对中残联、华夏出版社及社会各界帮助残疾人圆文学梦的感激之情,我将自己用嘴巴精心制作的一张贺卡赠送给晚会。

很快,华夏出版社就来商定《生如残月》的出版事宜了,该社一位热情、待人和蔼的编辑徐军大姐成为该书的责任编辑。徐大姐是老一届的北大学子,多年从事编辑工作。自从接到为我的书做责编的任务,徐大姐不辞辛苦,几次来到家里,和我商谈该书修改的种种细节。

眼看着我的自传体小说就要出版问世了,我很想能有个人写篇序,而写序的人还得是和我最亲近、最了解我的好朋友,找谁呢?我第一个就想到了王小娥。我们是多年的挚友,当年我在福利院生活时,她就在那儿工作,那时我们就是无话不谈的好友,所以我想她对我的一切应该是了如指掌的。有了意向,我便打电话给小娥说了自己的想法,她自然爽快地答应了。几天之后,小娥就将写好的序送到了我的眼前,没错,不愧是最理解我的好朋友,小娥为我写的序真是太棒了!责编徐大姐看了序,也给予了极高的评价。小娥的代序是这样写的:

"生如残月",这几个字映入眼帘,感觉到的,却是一

心如皓月

阵锥心的痛。

张莉那扭曲变形、不停抽搐着的身体,那清澈坚毅中隐含着几许忧郁的眼神,还有她那以嘴代手艰难书写的情状,一一浮现在眼前。往事种种,激起回忆的涟漪,这部洋洋十数万言的书稿,把我的思绪带回到20多年前……

初识张莉,是我刚刚参加工作的时候,在儿童福利院翻盖之前那座破败的院落里。此前,我从未如此集中地面对过这么多的残疾人:肢残人、智残人、聋哑人、脑瘫患者……作为一个健全人,一个可以挥洒自如地运用自己身体每一个器官的人,我从未意识到健全的重要。就像我们每天呼吸,却从未认真考虑过空气的存在一样。然而,面对张莉和她的同伴们,我平生第一次感到生命是如此美丽,也平生第一次意识到,生命,也能以这样一种形式存在!

张莉是先天性脑瘫患者,算是重度残疾,医生当年断言她不会活过20岁。"文革"前夕,小小年纪的张莉就被送进了儿童福利院。当时的福利院,就是一个"苟以活命,无及其他"的地方,用一个很严酷但是又很准确的形容词,就叫做"苟延残喘"。任何部门和个人都未曾要求这里的残障人士能有什么建树,也很少有人对他们进行"顽强拼搏、再塑人生"的教育。也就是说,张莉和她的同伴们是在完全自主自发的形式下再造自我、重塑人生的。

我们很难想象,一个人双手派不上用场,还要用嘴叼着笔写字(打字),甚至"像一只老猫一样,用嘴叼起褴褓中的孩子",为孩子换尿布……我们更难以想象,一个没上过一天学的人,居然靠听收音机和看报纸把自己变成了一个有文化的人,不但写作上卓有建树,还通晓了外语!

不要感叹这个结果,让我们更多地钦敬那个过程吧。张莉,一个除了头脑之外身体各个部位几乎都只是摆设的人,经历了肢体的扭曲,看惯了人性的扭曲,却仍然乐观豁达,直面人生的困苦;仍然在几乎不可能的情况下创造了一个个超越生命极限的奇迹,这样的过程,难道不足以令我们这些肢体健全的人钦敬吗?

很多人会以为,在极其艰难困苦的生命状态下,活着,就已经是一个生命的奇迹,就已经很不容易了。然而张莉不但活着,而且活得色彩斑斓、生机勃勃!她的生命状态,甚至远远超过了许多健全人!

不规则美、残缺美,这是公认的美学概念。如今,这个抽象的概念有了具象的、活生生的标本。

生命,原来是有许多状态的。有些人健全着肢体,却残缺着心智;有些人残缺着肢体,却完美着生命。这就是张莉这本书给我的印象——她以残缺的身体,书写着一个完美的生命。

残月如钩,一样清辉脉脉,壮丽如歌,凄美如画。

这,就是张莉的生命状态。

就在2007年"全国助残日"的前夕,我的长篇自传体小说

心如皓月

《生如残月》出版了。书送到了我的面前,散发出的阵阵油墨芳香早已令我心醉,我的愿望实现了,多年的拼搏、多年的奋斗终于得到了社会的认可。兴奋之余,我也深感这份成功不仅仅属于我自己,在我背后有那么多的人帮助了我,应该感谢中残联、华夏出版社、中央电视台,还有为"共圆残疾人文学梦"而奉献的人们。家绪则是我最要感谢的人,在我的书里蕴藏着他的辛苦、他的汗水。《生如残月》出版之后,北京一中院的法官们通过该书认识了我,很快就来到家中看望我,那时我还住在明光村小西门我弟弟的房子里。第一次来的是北京市一中院办公室与机关服务中心党支部的党员们,领队的是一中院办公室主任王旸和另外一位姓王的主任,还有马书记。

　　暖暖的话语,真挚的关切,十几平方米的小屋内充满了欢声笑语,我们一家三口被法官们的爱紧紧包围着。当了解到我们的家庭条件十分艰难,孩子已经考入石油附中时,法官们当即决定,通过缴纳特殊党费和开展爱心捐助的形式,每人每月多交纳10元钱,作为爱心基金,给我们一家每年捐助6000元,直至我们的儿子大学毕业为止。从此,每逢"全国助残日"、中秋节、春节等特殊的日子,北京一中院办公室与机关服务中心党支部都会组织党员干警分批次看望、慰问我们一家,了解并帮我们解决生活中的困难,送来温暖和关怀。我已把他们当作了自己的娘家人,无论遇到什么事,是喜是忧,第一个就想到了北京一中院,想到那些和蔼可亲的法官。有关北京一中院对我们一家的关怀,在接下来的章节中我还会讲给您听。

既有劝慰，又有开导，法官们依依不舍地离开了我们娘儿俩。临走马书记和两位主任一再叮嘱：有什么困难和需要一定及时联系，他们会随时提供帮助。

让时间再回到 2013 年吧，那是北京一中院法官们来后的第二天，《北京社会报》的一位记者也来到家里，对我当时的窘况进行了采访。爱人突然病逝，儿子不知能否顺利完成学业，重残的我留在家中如何生存……该报道很快见报，报道中，记者积极向社会、向有关机构呼吁，向我伸出关爱之手，妥善地解决我的基本生存问题，让我儿子能顺利地完成学业。很快，得到了有关部门的回应。

一天，居委会主任打来电话，让儿子去拿一下表格，回来填写好再上交。主任在电话里告诉我，有关我入住养老院一事他们已经帮我打听好了，那是一家位于海淀区、距离市区较远也较偏僻的养老院。费用是每个月一千五六，国家每个月给补贴一千元，再加上每个月六七百的低保金也够了（当时我还属于低保户）。该院有医生、护士、护理人员提供全方位的服务，每间房内有六七张床位。为了保证儿子的学业能够顺利完成，如果没有其他更好的解决办法，我就只能接受这个方案了。

儿子把那份入住养老院的申请表拿回来了，我看着眼前的申请表很久很久，最后还是流着泪让儿子帮助我把表格填写好。儿子最了解我的心意，他一边填写一边安慰着我，先去住住看，每个周末他会接我回家的，如果实在不能住了再想办法。儿子说得对，可是要做起来谈何容易？填好的表格儿子送到了居委会，只

心如皓月

要我一点头就立即可以住进去。但仅仅几天的工夫，我的身体就垮了，白天不能进食，夜晚不能入眠。自从儿子抱回了家绪的骨灰盒，每夜我卧室内的灯就没有熄灭过。静静的长夜，我凝望着书柜上家绪的骨灰盒，直到黎明。我心里不停地向他诉说："家绪，你好狠心，真的好狠心，就这么匆匆一走了事，就这样抛下了我们娘儿俩。我做错了什么？你竟要如此惩罚我！我真的要崩溃了，还不如让我也随你一同去……"可是再转念想想，不，不！还有我们的儿子，为了儿子，我只要还有一口气也要活下来，顽强地活下来！

重生后的我，更要活得顽强

再过不了几天就是 2013 年的春节了，但我们娘儿俩哪有过大年的心情？家里被失去亲人的悲伤所笼罩，每天抬头看见的是书柜顶层家绪的骨灰盒。有关我入住养老院的事情，街道和居委会时时打来电话，催问得很紧。家人及朋友也都关心此事，希望我能尽快做决定。春节一过，儿子就要开学，大家最关心的就是我自己待在家里没人照顾，日后的生活如何继续，我的事牵动着很多人的心。正在我为入住养老院一事犯愁的时候，残疾朋友司德林来到家中看望我。我俩已有几年的时间没见面了，他得知了我的家事，很是关切。那天天气寒冷，司德林特地带上爱人冒着寒风来家中看望我。虽然我们年龄相同，但是他却成熟得更像一位老大哥。当他了解到我的生活现状后，也坚定地劝说我去养老院，他认为只有如此才能解决我的生活问题。为了让我能多了解一些

心如皓月

现在养老院的情况,他还给我介绍了一位做志愿者的朋友,一位四十开外的女士,热情,开朗,待人很和善。她有一个很好听又好记的名字——海月。海月几次来到家里看望我,并送来生活用品。她给我讲了许许多多现在养老院的情况,因为她做志愿者有些时间了,经常去本市的养老院和福利院,对那里的情况有着较为深入的了解。海月多次要开车带我去海淀区的几家养老院做个暗访,如果我觉得哪家比较合适,她会帮助我去联系入住。这是朋友们的好意,我永远不会忘记。

入住养老院,虽然我已经做了最坏的心理准备,但如果真有那一天,我却怎么也迈不过心里的那道坎。事情就这么一天天拖着,我昼夜惶惶不安。终于有一天,有个人在这生活的岔路口拉了我一把,让我仿佛获得了重生。这个人就是我多年的挚友曹雁。自从家绪病逝之后,雁子更关心我了,就像对待自己的亲姐姐一样。她多次拖着病体来到家中,送钱送物,送吃的喝的,想得非常周到。虽然她也建议我去养老院生活,但是对于我的经历她最清楚。二十五年的福利院生活,让我无论如何也不愿重返那样的地方。

那天雁子又来了,和每次一样,她拎着大包小包。当时正值一年中最寒冷的几天,她特意给我带来几件毛衣,毛衣样式别致、色彩柔和,穿在我身上显得很合适。雁子就是这样,对待朋友一向出手大方。把我装扮一番之后,雁子直入正题,她说此次来有个好消息要告诉我,没有马上说出来,先让我猜一猜。我说了几件事,她都摇头否认。最后她看着我说:"行了,我想你是猜不出来的,就别为难你了,还是告诉你吧!这回问题解决了,你可以安心,不用去养老院了。"幸福来得太突然,我没有反应过来,只是愣愣地看着她。稍停片刻她又说:"怎么,还不相信啊?告诉你,这是真的!你不是不愿意去养老院,更舍不得离开儿子吗?为了你的事我几宿没有睡好,绞尽了脑汁,才想出这样一个解决方案——在我的'生命阳光心理健康指导中心'给你安排一份工作。"

◆ 2012年4月7日,我应曹雁之约,前往爱星儿培智学校,第一次聆听了由她发起并主办的"心理学可以改变您的生活——'遇见未知的自己'生命阳光心理健康指导中心专题讲座"(这是与会人员的合影,前排左六是我)。

说起北京市西城区"生命阳光心理健康指导中心"(以下简称"中心"),是雁子在2012年5月创办的。这是一个为残疾人、残疾人亲属、残疾人工作者及广大健全人提供心理服务的公益性组织,在中残联、市残联特别是西城区残联及其他各级政府部门的大力支持下开展工作。

停了片刻雁子又说:"考虑到你的身体状况,工作是在网上进

心如皓月

行的,做资料整理,但是要尽可能地多参加中心组织的集体活动。我每个月按时发给你一份工资,这点钱虽不多,但是请一位小时工每天来照顾一下你的生活还是没有问题的。"说是给我一份工作,其实我也明白,就我的残疾程度能干什么啊?雁子如此安排,实在是诚心要帮助我,又考虑到了我的自尊心。雁子的话都说到这个程度,可见态度是很认真的,我还有什么不相信的?是感激,还是兴奋?不用进养老院,还有了一份工作,会不会是在做梦?我咬了一下手指,有疼痛感,这才确信不是在梦中。我一时间什么话也说不出来,不知道该说些什么才能表达对雁子的感激之情。我只知道她对我的这份恩德,我今生今世也不会忘记。

因为当时距离春节还有几天时间,雁子又交代我好好休息一阵子,把自己的身体调养调养,工作等过完春节再安排。她嘱咐我一定要在节前找好小时工,要不然过了春节就会耽误儿子的课程。雁子对我真是仁至义尽,没得说了。送走了雁子,从那一刻起我郑重地告诉自己:不要再流泪,不要再伤悲,要坚强,要再次活出个生命顽强的我。

接下来就是寻找小时工。春节日益临近,在京做家政服务的小时工已多半返乡,走得差不多了,一时很难找到合适的人。

寻找小时工成了当时我的头等大事,能托的朋友都托了,能求的朋友都求了。那个时候我们虽然举家搬进美和园已有三年多,但小区内认识的人并不多。大家同在一幢楼里住着,常常碰面,却没有说过话。有的人也只是见了面点点头或是问声好。这还得提到家绪,他的性格很内向,不喜欢与人交往。才搬进美和园的

时候我们人生地不熟，同时入住的其他居民来自海淀区的各个街道，自然互不相识。家绪每天也就推我出去遛个弯，买买菜，但就像小孩打醋，直去直来。我俩每天的行程是，先去附近的超市发大楼店，或者去小营市场转一下。回来时家绪走得腿酸了，就放我在路边阴凉处，自己则在甬道的椅子上坐下来喘喘气。我俩的距离隔着八丈远，在别人看来就是互不相识的过路人。在我们小区的东西面是宽阔的马路，路两侧有两座街心小公园相对，别看公园小，园中却是闹中取静，处处花树繁茂，莺歌燕舞，美丽如画。每天经过小花园时，我都渴望着进去看看，找一处清凉之地，和家绪面对面地坐上一会儿，享受一下园内的幽静。所以每次路经那里，我常会这样要求，遇上家绪的心情愉悦时，他会推我进去看看，不过嘴里却唠叨着："都老夫老妻了，哪还有这么浪漫？"如果赶上他不高兴时，就会抱怨："里边那么多人，乱哄哄的，进去干吗？要去你自己去吧，我不去。"

我们住在美和园小区的12号楼，坐落在小区的最西南角。该小区起初属于政策房，12号楼则是海淀区的廉租房，入住的都是各街道享受低保的困难户、无房户。其中多数人身有残疾，甚至有几户，全家人都有不同程度的残疾。也是处境相似，搬进廉租房的人们不多时就熟了，楼前常常会有人三五成群地乘凉，或是晒晒太阳、谈谈天。每当家绪推着我在楼前经过时，热情、爱说话的人就会和我俩打声招呼，让我们加入，一起说说话。街里街坊的，我想这也是人家友好的一种表示。可是每当这时，家绪都会摆摆手说上一句："不了，家里还有事。"我虽然很想在外面多

心如皓月

停留一会儿，和邻居们聊聊天，但考虑到家绪的情绪，只得快快地跟着他回家。

同住一幢楼近三年，同楼的人们虽然只是见了面点点头，说上一声"你好"，没有更多的交谈，但是在家绪病逝之后，在那危难之时，他们还是及时地给了我关怀。首先向我们娘儿俩伸出关爱之手的是住同一单元的陈哥，我一向这样称呼他。陈哥和我只隔两层楼，我住在六层，他住在四层。他六旬开外，体型瘦瘦的，高高的，一副黑色近视眼镜架在鼻梁上。别看他瘦，身体却非常结实，腰板挺得直直的。他唯一的爱好就是登山，平日里只要有时间就会约上驴友一起去登山，可称得上是一位勇士。陈哥是位热心肠、乐于助人的人。在我们12号楼里，无论是谁家有了难事、有了迈不过的坎，陈哥就会出现，帮人又赠物，掏自己腰包也是常事。

说起和陈哥的相识，那还是有一次北京电视台来家中对我进行采访，原本定好了时间，不料他们因故调整了时间安排。我没有及时接到通知，就以为采访取消，和家绪一同出去遛弯买菜了。谁想就在那个当口，电视台的人来了。敲门扑了个空，便找人打听我们的去向，最后打听到陈哥那儿。那时我和陈哥并不认识，连面也没见过，他自然也不知道。正打听着，家绪推着我回来了，那次之后我认识了陈哥。当然，他也从电视台记者的口中得知了我的情况。陈哥除了热心肠，乐于助人，还是一个很幽默的人，最会逗人开心。之后在楼下再次遇到他，他就会拿我打趣："真人不露相啊，咱们楼里也可以说是卧虎藏龙，能认识你真是我终身的荣幸！"说着，他和家绪都笑了。再后来，我和陈哥互相交换了 QQ 号码，闲暇之余说过几句话，简单地了解了一些对方的情况。

打过电话，征得我的同意后，陈哥敲开了我家的房门。那几日由于我白天黑夜连续地坐着，腰痛得不能动。陈哥就从家里拿来云南白药让儿子给我敷上。陈哥说他是来家帮忙的，问我们有什么事，他都可以做。以后的日子里，陈哥常来家里给我们俩做做饭，还风趣地说："可别小瞧我啊，我的厨艺可高超了，我做出的菜肴，保你们娘儿俩吃了还想吃。"陈哥过来做饭是搭时间又自掏腰包，外加指导，以前不大会做饭的儿子跟陈哥学会了不少菜的做法。

除了热情的陈哥，第二个走进我家的是二单元的 A 大姐，她六旬开外的年纪，性情温柔而沉静，待人和善又热情，说话做事都是慢条斯理的。虽然现在已经坐了轮椅，但是依稀可见当年那婀娜多姿的身条、那天生丽质的面容。说起这位 A 大姐也是个不幸之人，在那个史无前例的火红年代，刚刚十几岁的她与成千上万的同龄人一起高唱着战歌，远离了父母，远离了家乡，奔赴遥远的东北建设兵团。有一次，乘坐拖拉机去劳动，路经崎岖不平的土岭时，拖拉机翻了，她被压在了下面。A 大姐说当时她不省人事，再次醒来时已经躺在了医院里，第一感觉就是腰部以下的肢体完全没了知觉，两条腿仿佛不是长在自己身上一样，一点也不听使唤。她在医院里躺了很长时间，丝毫没有康复的迹象，最后医生不得不告诉她一个最残酷的现实：她已经成了高位截瘫。上

心如皓月

苍保住了她的一条命,却让她永远地失去了双腿。那时她年仅25岁,如花的年纪,就在那一瞬间,她的命运被改写了。

成了重残人之后,她回到北京的家中,却难以得到兄弟们的接纳。无奈之下,为了生存,她嫁给了京郊山区一位大她十几岁的单身汉。他年龄比 A 大姐大十几岁,自然对她是百依百顺。夫妻俩生活和谐,有个快人快语的女儿,女儿有个暖暖的名字——盼盼,名字的背后充满爸爸妈妈对她的希望。盼盼热情开朗,性情火辣,很乐意助人。在搬进美和园的时候,盼盼已经毕业有了工作。娘儿俩来到我家里,非要给我帮帮忙,干点什么事,我都谢绝了。A 大姐自己的身体实在不方便,我哪还忍心让她为我费力。不过现在,有一件事我想请求她们帮助,那就是帮忙打听一下,本楼内或是小区里是否有人愿意做小时工,给我家帮帮忙。此事之所以求到她们,是因为她们经常出门,早晚都会在楼下坐坐,认识的人自然要比我多。

很快,盼盼就热情地给我推荐了一个她认为很合适的人选,那就是小区保洁队的队长,一个五十几岁的女同志。此人非常能干,在完成本职工作之外,还经常给需要帮忙的人家做做小时工,她待人和善,心肠又好。为了方便她作为保洁负责人的工作,物业还在小区里为她一家安排了住处。从盼盼的口中我知道了此人姓戈。做事爽快的盼盼立刻给小戈打电话讲了此事,说我眼下急需一位小时工来家里帮帮忙。可是小戈告诉盼盼,她现在还不能马上抽出手来我家帮忙,因为她正在利用工作之余照顾一位老太太,那位老太太也是我们廉租房里的困难户。想不到雇到一位小时工竟如此不容易，A大姐母女安慰我别着急，此事她们会放在心上，给我帮忙留意。我很感谢她们，可是雇佣小时工一事确实刻不容缓了，春节一过，儿子就要回学校上课了。

所有的朋友及周围的人都安慰我，都在帮我留意着小时工的事。就在那时，我又结识了小区里一位同住廉租房的B大姐。我们居住的楼房共九层，她住在顶层，一家三口和和睦睦，儿子人高马大、身体健壮，已经工作了。B大姐自幼身患小儿麻痹症，平日里以轮椅代步，但是拄拐杖也可以行走，只是走得要艰难些。和二层的A大姐的性格完全相反，B大姐性格开朗，爱说爱笑，为人热情，嗓门儿特别大，笑声更是爽朗悦耳。不夸张地说，百米之外都能听到。那天，B大姐手拄拐杖，艰难地挪动着步子来家里看我。好一阵安慰之后，她拍着我的肩头说："之前咱们见面虽然只是点点头、打声招呼，但这就是缘分，我们就是好姐妹了。以后别跟我客气，有什么事只要招呼一声，当姐姐的我没有二话。"随后她给我留下了固定电话和手机号。

在家绪走后的日子里，要说最累的就数好友方芳了。每隔一两天她就会摇着轮椅来我家给我们娘儿俩做做饭，收拾收拾屋子。因为摇动轮椅全凭双臂用力，所以天再冷也不能穿厚衣服。那段日子正值寒冬腊月，一年中最冷的时候。方芳家住永泰西里，摇着轮椅到我家要半个多小时，每次她都冻得面红耳赤，双手更是通红没了知觉。别看方芳坐轮椅，她可是个持家好手，做饭洗衣、收拾家务样样能。论厨艺，她烧的几道菜例如水煮鱼、油焖大虾等等，还真是别有风味，还有她做的寿司既漂亮又好吃，只是在

心如皓月

那样的日子里,再香的菜肴我也难以下咽。

得知家绪病逝后,玲姐也让她儿子推着她来了,手里拎着大包小包,带来的全是熟食及一些方便食品。见了面,说起伤心事,姐妹俩不禁又是一阵落泪。她老公贾立阳大哥没有陪她一起过来,说起他来,她也深深地叹息,当时她的家庭情况也不佳。几年前贾大哥因四度心衰住进医院,虽然经及时抢救保住了性命,但是身体状况大不如前,不仅干不了重活,就是稍稍活动一下、走上几步路都会喘不上来气。说起来他算是命大的,当年和他同病房的人相继过世,他还顽强地坚挺着,还得拖着病身子照料玲姐的一日三餐、做家务。那段时间他们的日子可以说雪上加霜,职高刚刚毕业的儿子进了一家商场工作,每月的薪水仅能对付着维持自己的吃喝。但按相关的政策,他们家的收入已经超过了低保线,因为玲姐特殊的致残原因,儿童福利院每月只给她补贴几百元生活费。民政部门停发了低保金,光靠儿子每月的几百元工资,加上玲姐的几百元生活补贴,实在难以支应日常的开销。无奈之下,贾大哥拖着病身子在家门前和玲姐一起卖起了啤酒、矿泉水等饮品,以赚得微薄收入,生活捉襟见肘,但依然如此艰难地维持着。

眼看着春节一天天地临近,家绪的骨灰盒仍然放在书橱的最上层,走进卧室一眼就能看见,家里依旧充满悲伤。每一个寒冷凄楚的夜晚,我都独守孤灯,凝望着家绪的骨灰盒直到天明。那时的我,身体状况每况愈下,人瘦了一大圈,一下子苍老得像个老太婆。朋友们都很为我焦急,都安慰我既然家绪已经走了,就要让他走得安心,让我保重自己,不为自己,为了儿子也得振作起来。大家还劝我,春节就要到了,应该先把家绪的骨灰盒存放在骨灰堂,等到日后经济条件好转,再让他入土为安。想一想朋友们的建议是对的,我们就开始着手准备。

爆竹声声，最难忘那年除夕夜

送骨灰盒去殡仪馆存放的事情自然是要儿子去做。我也想一起去，再去送家绪一程。可是我要去的话就得找车，又要怀抱骨灰盒，又要安排我上下车，儿子一个人难以完成。我首先想到了李家康，身为家绪的弟弟，这件事让他来帮帮忙也是理所当然的。不料电话打过去，话刚说完，他就说妻子身体状况不好，离不开，自然也就不能陪着壮壮去了。遭到了拒绝，我只得另想办法。

一天，陈哥来家里帮忙做饭，看见我伤心又着急的样子，就问我又遇到了什么难事。我就和他说起这件事，陈哥听了之后爽快地说："行了，要是你信得过我，咱们找个时间，我陪壮壮一起去办！"陈哥很守信，两天后，他陪着壮壮去昌平殡仪馆存放家绪的骨灰，由于没有找到专车，他们是乘公交车去的。为了乘车时不让人发现，儿子把家绪的骨灰盒用黑布包裹好，再放进一个黑色的背包内，把背包紧紧地搂在怀里。

我也很想和他们一起去，但考虑到身体状况，再加上路程很远，要换乘几次公交车，上上下下怕我身体承受不住，儿子和陈哥都不让我去。陈哥一再安慰我说，他肯定会帮我儿子把事情办妥。这点我最清楚，求陈哥办的事绝对没得说。儿子和陈哥去了大半天工夫，临近下午才回来。家绪的骨灰被临时安放在昌平殡仪馆骨灰堂内，因为当时我实在没有经济条件购置墓地，想等个一年半载，条件稍稍有了好转，再安排家绪下葬的事。对于陈哥在危难关头出手相助，我实在是感激不尽。送走了家绪的骨灰，我又久久地面对着他的照片，心里默默地对他说："委屈你了，先睡在那儿吧。眼下没有条件，我们娘儿俩的日子你应该是知道的，可能还会更艰难，等日后我们跨过了这个坎，一定给你在那边安个永久的家。"

雁子那边给我安排的工作已定，只等过完春节就可以上班。说真的，因为我的事，雁子可以说是煞费苦心。她考虑到自从家绪病逝后，我一直生活在悲伤和痛苦中，身体状况也远不如以前，就想带我调节一下心情，出去走走看看。一天，她派车来把我和儿子接到自己家，进了家门，我们娘儿俩得到贵宾般的款待。特意洗好的水果已经摆上桌，雁子亲手削好水果并切成小块，一口一口地喂进我的嘴里。雁子还亲自下厨做了一桌香喷喷的菜肴。她自己未进一口，却先喂我吃，边喂我吃边开玩笑地说："你要想工作，就得先把身体养得健健康康的，吃好、喝好、睡好，我的中心要的可是健康的员工、心理的卫士。"

心如皓月

隔日，雁子又找车把我们娘儿俩接到国家图书馆去参观。雁子就是心细，她考虑到儿子自己照顾我会吃力，就特意安排了当时在中心工作的一个女孩子和一位做志愿者的小伙子同行。国家图书馆之前我没有去过，这还是第一次。在两位年轻人的陪同下，我们娘儿俩走进了这座知识的宫殿。参观的第一站是图书目录大厅，工作人员会给参观者讲解图书的检索和查询方法，还手把手教授如何查找图书，读者们兴奋地查询着自己喜欢的书。工作人员还介绍说，国图的藏书量已达3000万册，全球排名第五，中文藏书量第一。第二站，我们来到了电子阅览室，超大的电子屏幕吸引着我们的眼睛。从讲解员的口中我们了解到，近年来国图将很多图书都制作成了电子书，并设立了电子图书馆，读者在家中通过网络就可以阅读电子书了。第三站是开架阅览室，里面是近两年来出版的最新书籍、期刊、报纸和其他文献。这里的中文出版物占60%，外文出版物占40%，国图是中国拥有外文书籍最多的图书馆。我们倾听着介绍，俯瞰着巨大的阅览大厅，不禁唏嘘赞叹。

一个多小时的参观短暂又美好，让我流连忘返。这次参观不仅让我对国图有所了解，更重要的是，激发了早已根植在我心中的对知识的憧憬和向往。结束了国家图书馆的参观，两个年轻人又陪我去天安门广场，国图距离广场已经很近了。就在那时，天空中悄悄地飘起了雪花，雪花飘飘洒洒，由小到大，没过多久，我们的头上身上都落满了。两个年轻人不停地帮我掸去头上和身上的雪，他们和儿子轮流推着我，在飘飘飞扬的雪花的陪伴下信步走向雄伟壮丽的广场，我抬头仰望着庄严肃穆的人民英雄纪念碑,再一次看到了辉煌而气派的人民大会堂。临近中午,两个年轻人硬拉着我们去吃饭。我想人家已经劳累半天了,怎么好再让他们破费呢?可是怎么也推辞不掉,他们推着我走进了东方广场的一家餐厅,要了一桌饭菜,用餐之后又安安稳稳地把我送回了家。

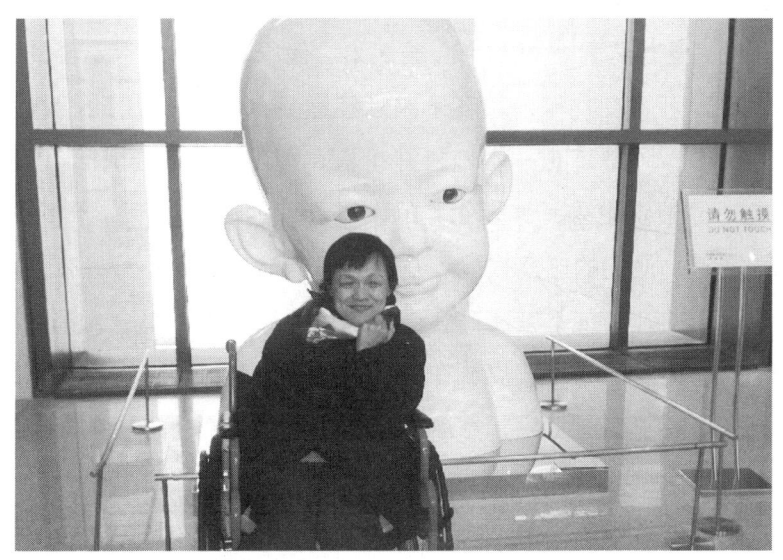

◆ 2013年留影于国家图书馆

眼看着没几天就是春节了。这天,陈哥手里满满当当地拎着肉馅、白面和一棵不小的大白菜,还有一些熟食和小菜,推开了我家的房门,说来和我们娘儿俩一起吃饺子。陈哥进了屋,挽起袖子就忙活开了,择菜、洗菜、拌肉馅、和面。我叫儿子在一旁给他打下手,他却开玩笑说:"你也太小瞧我了,就这么点事还需要个打下手的?行了,别操心了,你们娘儿俩的任务就是乖乖地等着吃饺子!"很快,包好的饺子放满了一盖帘,陈哥还在不停

心如皓月

地包着。我说已经够吃了,包那么多干吗?陈哥说多包点留下来,冻到除夕之夜让我们娘儿俩吃。他说过年的时候他就要和孩子一起回老家去看望岳父岳母了,所以不能来照顾我们娘儿俩了,就提前来和我们一起吃顿饺子。没想到陈哥的心这么细,想得这么周到,我再次被他的热情所感动。

说到这位陈哥,也是个心酸之人。他原本有个幸福温馨的三口之家,可是在几年前,妻子因癌症撒手人寰,扔下了父女俩。在闲谈中,陈哥不止一次地打开手机,翻出妻子的照片让我看,真是一位相貌俊秀、身段优美的女子。他的妻子小他二十多岁,温柔贤淑,他们的感情很好。在妻子患病时,陈哥不分昼夜地陪伴在病床前,一刻不曾离开。当妻子病逝后,陈哥整个人都要崩溃了,他把妻子的骨灰盒放在自己的枕边好久好久,以寄托深深的思念。妻子病逝之后,生活艰难的他带着女儿住进了美和园内的廉租房,和我们成了邻居。

就这样,陈哥不仅提前陪我们娘儿俩吃了年夜饭,还自掏腰包搬来年货,把我家的冰箱塞得满满的。两天后,他带着女儿回老家去了。

除夕的前一天,哥嫂来了,他们手里拎着大包小袋的年货,还有嫂子给我们娘儿俩包的饺子。她也是考虑到壮壮不会包饺子,怕我们过年吃不上,就在自己家里包好带过来了。让我进养老院的事他们没再提起,因为知道了雁子给我安排了临时的工作,每月有了一份收入,刚好可以用这笔钱雇一位小时工,每天按时来家里照顾我的生活,这样他们也就放心了。母亲没有来,因为那时父亲正病重卧床，时时刻刻都需要有人在身旁。但是母亲仍然放心不下我们娘儿俩，让弟弟一家三口来家看望，也带来母亲准备好的年货，还有送给壮壮的压岁钱。

我的事一直牵动着朋友们的心，大家都祈盼着我和壮壮的生活能重新安稳起来。除夕之前，北京一中院马书记和主任们又一次带领两个科室的党团员及法官代表来到我家，给我们娘儿俩送来了米、面、油等年货。王旸主任再次将法官们的捐款送到我的手中。他们都很关切地问起我日后的生活计划。我很兴奋地向他们讲了曹雁给我安排工作的事。他们听了都为我高兴，说这样大家悬着的心算是放下了，有个人能照顾我，壮壮也可以继续学业了。临别时，他们叮嘱我要保重身体，好好生活；鼓励壮壮要坚强，努力坚持完成自己的学业。他们中的许多人都给我们留了电话号码，告诉我别管遇到什么事，一旦有需求，一定和他们联系，他们都会尽力帮助我。

小娥更是时刻在牵挂着我的事。由于年前她的工作太忙，一时难以抽身来家看望，就托人给我们娘儿俩送来年货和钱。说起小娥，那时我又有一段时间没有见到她了。回想一下，在2012年去北京电视台拍摄《书香北京》节目时，我们见过面。2011年，小娥出版了自己的散文集《临窗絮语》，她为我的自传体小说《生如残月》撰写的代序《生命的状态》一文也选入这本散文集，为此，我作为节目特邀嘉宾出现在拍摄现场。另外还有两位嘉宾到场，一位是老山战斗英雄、特级残疾军人史光柱。再有就是我的病友玲姐，她也是小娥近三十年的挚交。

心如皓月

◆ 2011年11月29日晚，我们欢聚在北京电视台《书香北京》节目录制现场；后排左一为《临窗絮语》的作者王小娥，后排中间为残疾军人、老山战斗英雄史光柱，后排右一是该栏目的编导，前排左一为我的病友苏玉玲

另外，在小娥的嘱托下，《北京社会报》马记者还代表全社的采编人员来看望我，并送来报社全体党员为我们娘儿俩捐助的两千元。面对着这样多的善举，我真是千言万语也道不尽心中的感激。

在此，我还要对我的一位亲如姐妹的好友说上一句最衷心的感谢，她就是我在自传体小说《生如残月》中提到过的栾烨老师。多年以来，她一直没有停止过对我们一家的帮助。那还是我在明光村居住的时候，她家离我家比较近，她常常骑着自行车到家中看望我们。不仅人到，自行车上还挂满了大包小包，从生活用品到吃的喝的一应俱全。我儿子考上大学时，栾晔老师当自家人的事一样高兴，她当即承诺每个学期资助我儿子五百块钱学费，一直到大学毕业，这一帮就是整整四年。当得知家绪离世之后，她又多次安慰开导我。

又是一个辞旧迎新的夜晚。夜幕渐渐地降临了，大地笼罩在一片黑暗之中，漆黑的天空中跳出了几颗小星星，它们好似顽皮的小孩子一样，一闪一闪地眨着眼睛，一轮明月冉冉地升起。此时此刻正是千家万户团圆之时。只听得窗外"嗖嗖嗖"的烟花声。伴随着一声声脆响，那漂亮迷人的烟花拖着一条条美丽的长尾巴，在天空中闪亮登场。五彩缤纷的烟花争奇斗艳。天空顿时成了大花园，烟花的光芒给夜幕增添了缤纷的颜色。鞭炮也不甘示弱，"啪啪啪"的响声在天空中回荡着。

不管我情愿不情愿，家绪走后的第一个除夕夜还是如期而至。家里静静的，只有我们娘儿俩，还有大抱抱懒洋洋地窝在我的身旁。儿子从冰箱里取出饺子煮好，又弄了几样菜摆上了桌子。热腾腾的饺子、香气扑鼻诱人的菜肴丝毫没有引起我们的食欲。那一刻，忙活了好一阵的儿子，呆呆地坐在饭桌边，他没有动手夹菜，我也是一口难咽。邻居家的电视里正在播放着欢声笑语的春晚。此时我家的电视没有开，除了窗外的花炮声和邻居家时时传来的欢笑声，房间内的空气像凝固了一般。美丽的夜空，悦耳的花炮声，摆满了年夜饭的饭桌，本应喜庆热闹，却物是人非，我不由得回想起往日的除夕夜。往年此时，家绪会准时打开电视机，一边欣赏着春晚一边包着饺子，那是他最开心的时候，时不时还跟着电视里的唱腔哼几句。

心如皓月

儿子看见爸爸忙活,就过来帮忙,可惜他只会擀饺子皮,有的饺子皮还擀不圆。当儿子把擀好的饺子皮送到家绪的手里时,他看看,笑了:"我的少爷,这是饺子皮吗?我看咱们别吃饺子,改烙盒子吧。"家绪自己好一阵子忙活,终于包好了饺子,又准备了几样他最拿手的菜肴,就算是年夜饭了。一切就绪,吃的摆满了一桌子。随后家绪招呼一声,儿子就拿起早已准备好的花炮去屋外放了。直到花炮放尽,爷儿俩才欢快地回到家里,一家三口围坐在餐桌前,赞赏着家绪的厨艺,欣赏着春晚,被幸福和欢乐紧紧地包围。我深深哀叹一声,那样团圆的除夕之夜以后不会再有了。

桌子上的饺子和菜已经放凉了,儿子又端去热好。我还是一口也吃不下,儿子勉强吃下几口,回自己卧室去了。那个除夕夜我真的整夜没有躺下,更没有合眼。人们彻夜不眠,那是在守岁,迎候新年的到来,而我那一夜在做什么、在想什么,自己浑然不知。我就那样傻傻地坐着,不知不觉又泪流满面。到了黎明,新的一年开始了,我又看到暖暖的太阳升起。就在那一刻,我擦干了饱含心酸与痛楚的泪水,并告诫着自己:"不流泪,不流泪,张莉,今后不许你再流泪!你应该坚强,坚强,再坚强!"

新的一年,新的生活开始了。在春节假期后面几天里,我们娘儿俩并没有感到孤独与冷落,先是玲姐叫我们去了她家。贾哥虽然身体不好,动一动就会喘个不停,但还是坚持着烧了几道最拿手的菜:油焖大虾、糖醋酥鱼、四喜丸子……方芳也应邀到场。我们姐妹三人与贾哥及我们的几个孩子围桌而坐,品尝着贾哥不辞辛劳做出的美味。隔日方芳又叫我们去了她家一聚,她知道我最喜欢吃鱼,就拿出了她的最佳厨艺:水煮鱼、红烧带鱼……几个孩子最爱吃她做的寿司,方芳又不辞辛苦地端上了一盘既漂亮又让人食欲大开的寿司。

◆ 在玲姐家中和玲姐夫妇、方芳小妹在一起

那个春节就在几个姐妹的来来往往中度过了,是姐妹们的亲情给了我最大的慰藉,让我度过了最悲伤的那段日子。春节一过,我又开始着急了,因为托人寻找小时工的事情还没有着落。掐指算一算,离儿子开学没有几天了。光坐在房间里着急是没用的,我又开始给A大姐的女儿盼盼打电话,请她抓紧时间为我物色一位小时工,因为孩子马上就要开学了。当时在小区里我也没认识几个人,就是在廉租房的12号楼里也只认识陈哥和A大姐还有她女儿盼盼,因此只得找盼盼帮忙。

盼盼那边很快有了消息。一天,她来敲我家的门了,同来的还有之前说过的我们12号楼的楼长。楼长微胖的身材,中等身高,

心如皓月

待人热情，性格开朗。以前我和家绪出门时见过，只是没有说过话，盼盼给我做了介绍。原来，我托盼盼帮忙找小时工，但时间太紧，一时难以找到合适的人选，她只得去寻求楼长的帮助。说话间，又走进来一位四十开外的女士，只见她的个头不算高，身体胖胖的，烫了卷的短发，圆圆的面庞，细皮白肉的，戴一副白边的深度近视眼镜，看上去有点知识女性的风范。楼长给我介绍了这位女士，这里我就称她为小时工阿姨吧。她和我同住在12号楼廉租房里，她住四单元。听说我的生活遇到了困难，急需一个人来家里帮帮忙，恰好她也一个人生活，正好也想出来做点事情，赚点收入。随后大家坐下来，我说了我的需要，每天有哪些事需要帮忙。当然，一天三顿饭是必做的，还有就是收拾家务、洗洗刷刷等，不过不需要时时刻刻有人留在身边。最后我们商定，小时工阿姨每天早中晚到我家三次，其他时间有事要帮忙我再打电话找她。每月支付她两千元，外加在我这里吃两顿饭，每个周末休息一天。

事儿谈妥后，就在儿子返校的前一天，小时工阿姨来我家帮忙了。儿子做了一天师父，把我的起居及需要别人帮助的事都一一给小时工阿姨做了示范，第二天，就回学校了。直到送走儿子的那一刻，我那颗悬着的心才落了地，总算没有因为我毁了儿子的大好前程。从那天开始，小时工阿姨就正式来家给我帮忙。她人挺干净，也挺勤快，做起事情也麻利，总之我们双方都感到满意。雁子对我寻找小时工的事非常牵挂，当她得知小时工阿姨来家给我帮忙后，很是欣慰，立即赶到我家，说要亲自见见。她俩见了面，手拉手攀谈了一番。雁子一再叮嘱小时工阿姨要好好照顾我，并开玩笑说："我的姐姐现在可交给你了，可不能让她受半点委屈。"随后我又把小时工阿姨到家里帮忙的事儿告诉了北京一中院的马书记、两位王主任以及牵挂我的法官们，还有一直为我的生活而焦急的朋友们，请他们放心。

告别眼泪,再现坚强的自我

我的生活暂时有人照料了,儿子也按时返校开课。静下心来,我便开始在雁子创办的生命阳光心理健康指导中心工作。该中心还有个网站"阳光心情网",当时正在酝酿,预备在第二十二个"全国助残日"来临之前正式启动。该网站有一个板块名为"阳光心情",雁子让我写写如何保持好心情以及读书感想等题材的短文,发表在这个板块。这份工作对我来说真是天上掉馅饼,不用出家门,只需坐在电脑前就能完成。我本来就喜欢写作,通过这份工作,还可以提高一下写作水平。这样想着,我更是对雁子有着说不出的感激,她想得竟如此周全。我也暗下决心,一定要好好干,加倍努力,不让雁子失望,要对得起所有关心我的人。

我先后给即将启动的"阳光心情网"撰写了几篇短文,其中一篇叫《祝你快乐好心情》:

我亲爱的朋友：我们每天都要在清晨时分，迎接那灿烂的朝霞，傍晚来临之时，又送走那最后一抹夕阳的余晖……因此我们一定要有良好的心态。如果每天都有好心情，那么我坚信，你的好运就会到来，你会觉得许多事情都是那么的美好。当你抬起头看天时，你就会发现天更蓝了；当你低头看水时，水更绿了；你再看看山，山更青了，你看见的花朵也更加娇艳了。

　　月光是那么的美丽迷人，阳光又是那么的灿烂温暖，这时你就会感到吃饭也香了，睡眠也甜了。不管什么事，你都要往好处想，心情不舒畅，郁郁不乐，凡事不顺心，也要过完这一天，为何不让自己快快乐乐地度过每一天呢？每当夜晚来临，躺在床上，你要这样想：今天我快乐吗？答案是：我当然很快乐。那还需要什么呢？这就足够了，你今天就是胜利者，因为你得到了快乐！你就是这一天的胜利者，你真的很棒！

　　我们要牢记，做到这三乐：一是知足常乐，二是助人为乐，三是自得其乐。只要把人生视为快乐的源泉，再慢慢开发，便可得到快乐。当心理天平向"痛苦"的那一侧倾斜的时候，我们要用极大的毅力去给"快乐"高喊加油，要看到变化之中还会有变化，失望之中还会有希望。人有悲欢离合，月有阴晴圆缺，福祸是相依为命的好姐妹，古今皆然。我们要用理性的眼光去看待事物，天无绝人之路，东方不亮西方亮，柳暗花明又一村。记得巴尔扎

心如皓月

克说过:"苦难是人生的老师。"别林斯基也说过:"不幸是一所最好的学校。"我亲爱的朋友,相信你一定会坚强起来,快乐起来的,祝福你天天有个好心情。

我想,假如你是一个善于带来好心情的人,就不仅仅能使自己快乐,同时也能够给周围的人快乐,更能形成一个快乐的氛围。又假如,你是一个善于带来坏心情的人,那就不仅自己不快乐,更会给周围的人带来不和谐、不快乐。您说,你更愿意做一个什么样的人呢?我知道您的答案,一定是要做一个善于带来好心情的人。

我苦思冥想,写作小诗一首《送您好心情》:

我亲爱的朋友,

假如,假如您愿意,

愿意接纳我的美言,

那么我就送您一句:

好心情,拥有一份好心情。

晨曦中一滴晶莹闪烁的露珠,

那就是我透明舒缓的心情。

一朵鲜艳夺目的花朵,

那就是一曲抒情柔美的歌谣。

夜幕里一缕和柔的轻风,

那就是我对您一声温馨的问候。

蓝天下一抹明媚的阳光,

那就是我为您送上的一张灿烂的笑脸!

告别眼泪，再现坚强的自我

还有读《钢铁是怎样炼成的》一书的心得体会，我这样写道：

"人最宝贵的是生命，生命对于每个人只有一次。人的一生应当这样度过：回首往事，不因虚度年华而悔恨，也不因碌碌无为而羞耻……"这段名言来自《钢铁是怎样炼成的》一书，距离我第一次阅读这部名著，已经过去了四十多年。可以说，这部名著是我的精神支柱，是我这残缺生命的动力，是我战胜病痛的一剂良药……

此时此刻，我又一次翻开了《钢铁是怎样炼成的》一书，首先跳入眼帘的就是这段名言读着这本名著，我再次陷入了深深的思索，极力地探询着这个问题的最完美答案。

《钢铁是怎样炼成的》这部名著主要描写的是，保尔·柯察金自幼在苦难的生活中长大，他早年丧父，母亲因贫穷所迫，去给人家洗衣、做饭，哥哥是一名普通的工人。在保尔刚满12岁的时候，母亲就不得不把他送到车站食堂当杂役。保尔在食堂里仅干了两年，就受尽了欺辱，后来他成了一位英勇的革命战士。1927年，保尔双目失明并且全身瘫痪，但是，在病痛无情的折磨下，他还是坚持写作，对于自己的身体毫不顾惜。他常常将自己和健全人相比，但其实他每多写出一个字，都要付出翻倍的代价。功夫不负有心人，通过不懈的努力和与病魔的抗争，他终于成功地写完了《暴风雨所诞生的》这本书。

我细细地读着，不肯漏掉每一个字。渐渐地，保尔那

心如皓月

勇敢坚毅的脸庞，仿佛活灵活现地出现在我的眼前。他，一个普通的战士，居然有着钢铁般的意志。是什么力量推动着他、鼓舞着他顽强地拼搏向前呢？我想，伟大的共产主义事业，就是他顽强地与病魔作斗争的动力。

保尔·柯察金的精神始终激励着我正确对待病残的身躯，去战胜病残带来的重重困难。他一个失明瘫痪的人都能够继续为共产主义事业奋斗，我虽然同样是一名重残人，但和保尔相比，我至少还有一双眼睛，我可以看到缤纷多彩的世界。每个清晨，我都可以看到一轮红日从东方冉冉升起。再想想保尔，我又怎么能被困难和病痛吓倒呢？

有了保尔伟大精神的感召，每当我遇到生活中的困难，被病痛折磨得无法忍受、想退缩的时候，我就会想起保尔。每当我受到挫折而落泪的时候，我就会想起保尔。保尔·柯察金与病魔不懈斗争的伟大精神在时时激励着我，不断地鞭策着我。他激励我不懈努力，战胜一切困难和不幸的命运。他随时随地鼓励着我面对人生的任何挑战，也使我有了决心，要成为一个真正的强者！

正如保尔所说："人最宝贵的是生命，生命对于每个人只有一次。人的一生应当这样度过：回首往事，不因虚度年华而悔恨，也不因碌碌无为而羞耻……临终之际，他能够说：我的整个生命和全部精力，都献给了世界上最壮丽的事业——为解放全人类而奋斗。"这是英雄保尔的

"生命格言",已经在世间广泛流传。细细地品来,果真如此,人的生命只有一次,因此,我们要热爱生命,珍惜人生珍贵且短暂的时间。在我们人生的旅程中,不可能事事都是一帆风顺的,短暂的生命中会有鲜花和掌声,更会有惊涛骇浪、激流险滩……我们要学会克服这些困难,使自己成为一个乐观向上、豁达开朗的人,像我们的英雄保尔那样,不怕困难与不幸,勇往直前!这就是我读这本名著最大的感想与收获!

还有读书心得《一本好书带给我的好心情》,文中我这样写道:

几天前,我在网上看到了这样一本书,书名是《做人做事好心态》。点击读来,顿时眼前一亮。我用了一天的时间读完它,在此书中找到了很多人生哲理、做人的忠告,真是受益匪浅。这是很值得推荐的好书,章章都是那么的精彩,段段都是那么的有理有据,每一章都从一个方面阐述了做人与做事的道理。

人生在世,我们每个人都难免遇到不如意的事情,每一天都躲不开,要面对这个纷纷扰扰的世间,生活及工作中会遇到困难,感情上会出现危机。总之,这个世界不是你一个人的,造物主也要尽量公平,他绝不会把一切的好事都放在你一个人的身上,有的时候也要适当地来考验考验你,要看一看你遇到困难和挫折是否坚持得住,会表现

 心如皓月

出什么样的精神状态。如果这时你的反应过激，那么你就还会被继续考验，一直到你能以一种平和的心态看待一时的不幸或挫折。

我们每个人需要认识到保持一个好心态的重要性，在生活中，应该有个好心情，保持好心态。如果去探究成功者的经验，可能会发现这样的一个秘诀，那就是成功者在做人做事方面大多已经达到相当高的境界，正是这样一种境界推动他们在成功的道路上走得更远更快。行为受心态影响，改变心态就是改变命运，机遇更垂青心态积极之人。

朋友，你可曾这样想过，如果你小看了别人，那就会导致心态的失衡。你能看到一个人的今天，却永远无法预料他的明天。有的人看似非常不起眼，但却可能是一个深藏不露的高人；有的人虽然只是一个没权没势的小人物，但是却有很渊博的知识和极高的素养，他的点滴言行有时候会起到关键的作用……所以我们每个人待人处事都不要捧高踩低。

这就是一本好书给我带来的启迪，做人做事成败的关键在于拥有一颗怎样的心，低调做人是成功做事的不二法门。保持低调是最佳状态，可以让人在卑微时安贫乐道，可以让人在显赫时持盈若亏。低调做人者是人中的智者，无论何时何地，都可以让自己屈伸自如、攻守有度。低调做人也许是一种保护自己的方式吧。

我们要学会站在对方的立场上去看待问题。一切的事

情，都要站在对方的立场上看一看。要看看别人是怎么思考问题的，别人和我们的矛盾在哪里。只有找到了矛盾的关键点，才能更好地解决生活中的矛盾。

我们每个人的天赋都是不同的，不能因为自己在某个领域做得比别人好就骄傲，就翘尾巴，很多时候我们还是需要向别人学习的，要保持快乐积极的心态去做事。美好生活的一个很重要的因素，就是做事要有一个积极的心态。你充满了激情，才能感染周围的人。只有让别人看到你积极的心态，才会让人感觉到你的进取精神。积极的生活态度自然可以改变你的生活，继而也会改变你的人生。

一个人成功与否，不仅取决于外在的因素，更取决于内在的心态。要懂得如何做人做事，而好心态是取得成功的关键。弱者之所以弱，就在于弱者通常不能够把握成功做人与做事的秘诀。成功者之所以成功，在于成功者有好的心情、好的心态，所以能做到逆境不沉沦、顺境不自满。

我写了好几篇短文，写好之后珍藏在电脑中，等待着"阳光心情网"启动后刊用。

说起来，2013年真是让我难以忘怀的一年，这一年对于我们一家人来说是灾难的一年，灾祸连连。家绪刚走一个月的时候，我们娘儿俩失去亲人的悲哀心情还没有完全平复，正月十五前，我突然接到家绪弟弟李家康的电话，他带着哭腔告诉我，他

心如皓月

的妻子启和突发脑出血进了医院抢救，眼下已经人事不省。这坏消息又如一把重锤敲击着我的心，早就知道他妻子启和的病情恶化，前文提起过，她患有脑瘤后遗症，由可以自己行走到坐上轮椅，由思维清楚到陷入痴呆，直到失去语言功能，最后大小便失禁。真是多灾多难，在电话里我只能安慰李家康，别太着急，启和的情况不会像他想的那么糟，经过抢救病情或许会好转。其实我心里很清楚，就启和的情况，这次有可能凶多吉少。

两天之后就是正月十五，儿子放假在家，我放心不下在医院里昏迷不醒的启和，就打发儿子去医院看望他婶婶，我期待着儿子带回好消息。可是儿子回来和我描述情况，却让人心里沉甸甸的。虽然深知启和眼下的病情不容乐观，但我还是无数次为她祈祷，祈盼她能好起来。有启和在，李家康在精神上就能得到莫大的安慰。尽管他非常劳累，要为妻子付出，但那样的生活总还是有奔头。但不知为什么，上天还是如此无情，两天之后，李家康打来电话，告诉我虽经医院几天的抢救，仍然未能挽留住启和的生命，她病逝了。

电话那边的李家康声泪俱下地和我说着启和抢救及去世的经过，说到最后难以言表，放声痛哭。李家康说，就是希望启和活着，哪怕她整日躺在床上，只要她还有一口气，他都会尽心尽力地去扶持她；他只要她活着，然而她却走了。他悲伤的情绪立即感染了我，我也忍不住哭了。是啊，家绪刚刚病逝一个月，启和又紧随而去。我失去了爱人，儿子失去了父亲。而李家康所承受的痛苦要大于我们娘儿俩，他一个月前才送走了哥哥，现在又将送别亡妻。我真不明白李家这是怎么了，离去的人一个接着一个。

就在家绪病逝半年之前，他们九旬高龄的老母在李家康家辞世。不过一年时间，三位亲人相继离世，谁能不悲痛欲绝呢？三天之后，启和的遗体要火化，去的都是启和的亲朋好友及同学同事，就缺李家康这边的人，为此李家康提出想让壮壮去送他婶婶一程，我和儿子当然点头同意了。葬礼不在周末，儿子只得请假去参加了启和的葬礼。从此之后，没有孩子的李家康又开始了孤独寂寞的独居生活。后来的日子里，无论是我们打电话给他，还是节假日壮壮去看他，他的状态都是话还没出口，眼泪却先下来了。对于他，我们娘儿俩都很为难，不知道如何劝慰他从悲伤和痛苦中走出来。我想，一个人总不能终日以泪洗面，永远让自己活在绝望中。还好，启和的家人对李家康很尽心，在启和病逝之后，妥善地安置了他。

风雨过后，又看到彩虹

我是人，不是神，人只要在世上生存，就难免会遇到不幸与灾难，也总会有痛苦。而我的对策只有克服，克服，用自己的意志去战胜它！家绪病逝了，儿子在众人的关怀和帮助下，如期返回学校继续学业，我独居的生活就此开始。虽然我的情况如此糟糕，但我深知自己肩上的责任重大，首先就是生活再艰难也得确保儿子完成学业。为了儿子将来能有理想的前程，我一个人要坚强地守住这个家。

时光飞逝，转眼间我们送走了那个异常寒冷、最令人悲哀的冬日，春天又如约向我们走来。阳光和煦，春风拂面，成群的鸟儿追逐着，欢快地唱起了春天的歌。儿子推我去过外边几次后，我又有好一段时间没有出去了，孤独寂寞不免涌上心头。恰好一天陈哥到家里来看我，见我正独自坐在轮椅上望着窗外发愣。他走到我身边，看了我一眼，半开玩笑地说："没人推着，自己走不了，憋在屋里发呆了吧？"说着，他推起我的轮椅："说吧，想去哪儿？我推你去，这几天我正好也闲在家里没事干，正愁这一身的劲儿没处使呢！"就这样，他推着我走出了家门，转身又替我锁好了门。此刻的我已经在家中憋了很久，憋得头晕眼花，真有些窒息的感觉。当陈哥推着我走出单元楼的那一刻，我仿佛鸟儿冲出铁笼奔向蓝天，不由得长长地舒了一口气：我又沐浴到了阳光，久违了，如洗的碧空、清新的空气，那一瞬间，我仿佛获得了重生。

陈哥问我想去哪儿玩，他开玩笑说，只要我说得出来，他就会带我去。陈哥还带上了他的相机，性能很好，长枪短炮，鼓鼓囊囊装满了沉甸甸的旅行包。他说要找个好景致给我拍几张纪念照。其实去哪儿玩不是很重要，因为此时此刻，我已经拥抱了湛蓝的天空，沐浴了初春阳光的温暖。

到哪儿去走走呢？起初陈哥推着我在小区外的路边随意地走着。围着小区走了一阵之后，陈哥提议去海淀公园。那个地方我去过，已是十几年前的事了，记忆已经模糊。有了游玩的方向，陈哥就带我去坐公交。到了公交站，眼看着上车下车的人，我又暗暗地犯了愁，心想：人家陈哥这可是第一次陪我出去，要推着我，还要把我搬上公交车，轮椅上公交可没有走平地那么容易。看看上车门那三层台阶，每一层都有半尺高，陈哥自己能把我搬上去吗？他行吗？可别把人家累坏了。

◆ 2013年留影于海淀公园

心里这么想着，我就和陈哥说："您还是把我推回家吧，别去了。"陈哥见我改变了主意，一时摸不着头脑："怎么要回去，不想去了？"陈哥看着我，还没等我说话，又笑着调侃道："怎么，信不过我？还是担心我把你卖了？"说完他自己就先笑了。那一刻我没有心情说笑，只是想着公交车上的三层台阶发愁。看着开玩笑的陈哥，我说出了自己的担忧。不料陈哥听后又笑了，他一拍胸脯，蛮有把握地说："原来你是为这个在发愁啊，不就是三层台阶吗？这可吓不到我，告诉你吧，就是十层八层我照样把你弄上车，不信你就等着看。不用怕，你只管把心放到肚子里，保管四平八稳地让你上车。"正说着，一辆公交车停靠在站台，陈哥撸撸袖子："坐稳啦，看我的……"只见陈哥双手抓紧轮椅的把手用力向下压，轮椅的前轮就翘了起来，陈哥就势转身，让轮椅对着车门。现在真是好心人多，车站上下车的人们见了我的情况都主动围过来想帮把手，可是陈哥都笑着拒绝了。陈哥把我连轮椅带人一起拽上了车，又在车窗边找了一块空地把轮椅停好。车内的乘客伸出大拇指连连称赞。

不久，我们便到了海淀公园。我努力对比着记忆中它昔日的样子，公园的面积扩大了不少，树木大都是一些我叫不上名字的，高低错落，一座座袖珍逼真的土山、石山，一片片草坪和那还没有解冻的小河，都和十多年前的情景大不相同。虽然眼下已是阳春三月，但是公园内仍然一片萧条，没有草木青青，没有鲜花盛开，小河也没有潺潺的流水。公园内的游人自然也是稀稀落落的，不过有两位游人的风筝倒是放得很好，我们不由得停下脚步观看了好一阵。再过个把月，公园内大约就会是另一番景色了。陈哥推着我在公园内走走停停，一路不停地给我拍着照……

休息聊天的时候，陈哥得知我还没有乘坐过地铁，便说哪天有时间要带我去过上一把轨道交通的瘾。陈哥果然说话算话，一天早晨，早餐过后他就来敲门，说这天没有别的事，要陪我坐地铁。我当然非常高兴，自从北京有了轨道交通，我只是偶尔能在街上看一眼那飞驰而过的地上列车，就是没有坐过。陈哥推着我走出小区的南门，一直向前走，到十字路口右拐就是地铁13号线上地站。我没有坐过地铁，一路上心里都在打鼓，担心着轮椅怎么上地铁。陈哥却边走边和我打哈哈："你就把心放进肚里吧，说好带你去坐地铁，还能让你上不了车？就是扛我也得把你扛上去啊。"说着话，我们进了13号线的候车大厅，陈哥出示了他的老年证和我的残疾证，之后顺着轮椅的坡道走向站台。进站台倒是

心如皓月

不太难，地面和站台之间几层台阶，车站的乘务员帮助陈哥把我抬了上去。在乘务员的帮助下，陈哥把我推上了地铁。乘务员还在车上给我指定了停放轮椅的位置，并一再叮嘱安全事宜。

刚把我推进车厢，陈哥还没有站稳，就又和我打起了哈哈："你看我说什么来着，就是扛我也得把你扛上来。"听他那风趣的话语，我笑了。我的轮椅刚好就停在车窗前，上午九点多钟，应该已经过了早高峰时段，车内的乘客并不太多。有人看见陈哥站在我身边就起身给他让了座。陈哥坐下，列车缓缓地开动了，不料开动的那一瞬间，我的轮椅猛然地向前倾，还好陈哥手疾眼快，一把抓住了轮椅把手，给轮椅打开了刹车，又调侃道："这回我可得抓紧点，要不然跑了我可追不上。"这个陈哥啊，他就是一个老顽童，有他在你永远不会感到寂寞。列车飞驰，陈哥手指着车窗外的景物给我介绍。说着话，不知不觉间，列车已经飞驰了几站地。陈哥这时才问我："你想去哪儿啊？光顾着说话了，这车都跑出这么远了。"

我茫然地摇摇头，此时刚好报站，到了西直门，陈哥站起身推起轮椅，说："就这儿吧，我推你逛逛西直门。"列车缓缓地停下来，车门打开，陈哥推着我走过站台。接下来我可傻眼了，望下去，下面是有两三层楼高的台阶，没有直梯，也没有无障碍设施，我可怎么下去呢？见我一副焦急的神情，陈哥还在一旁开着玩笑："不用着急，只要你不害怕，我照样能连人带轮椅把你扛下去。怎么样，敢试试吗？"我连连摇头。看着我傻傻的样子，陈哥笑了，他推我到一个安静的地方让我等着，说去想办法。

不多一会儿，陈哥回来了，他身后有两位身穿制服的乘务员，其中一位手中推着一辆样子很像轮椅的车。因为没有见过，我立即对它产生了好奇，只见车身四方形，下面没有轱辘，样子类似轮椅车，但是行走起来却有点像坦克车。我心里琢磨：这个车子能把我送下去吗？见我很好奇，陈哥说："没见过吧？用不着我把你扛下去，现在就看它的本领了。"接下来那两位乘务员动作熟练地把我连同轮椅一起推上了那辆车，好像大轮椅套小轮椅，又一道一道地给我系好安全带，最后叮嘱我，别紧张，云梯车很安全。这时我才知道原来那辆车叫云梯车，是电动的，专为乘坐轮椅的人上下地铁台阶准备。

一切准备就绪。乘务员双手紧紧抓住云梯车的车把，一层台阶接着一层台阶地往下推着我。云梯车上下楼梯虽然不是很快，但是却很稳当，乘务员小伙子们服务态度也很热情。这是我第一次尝试这个电动云梯车，心里还是蛮紧张的。从站台到地面，粗略计算有十多分钟时间。看着下面的台阶，我心里不停地数着，一层，两层，三层……终于下到了最后一个台阶，稳稳当当地落了地，我那悬着的心才算放回了肚子里。我不由得感慨道："这地铁里的无障碍服务真是细致周到，给残疾人的出行打造了一个暖暖的平台，应该点赞！"陈哥推我走出了地铁站，说："怎么样，没有吓着你吧？看看你刚才紧张的劲儿，这要是把你吓出个好歹，我可怎么向你儿子交代？"出了地铁站就是繁华拥挤的西直门大街，我们沿着路边前行。我回头看看陈哥："咱们去哪儿啊？"一句话又引来了他的玩笑："说吧，你想去哪儿我就随你去哪儿，我

是绝对服从领导指挥。"我又一次被他逗笑了。

没走出多远,陈哥停下了脚步,走到我的面前抬起手很正式地行了礼:"报告领导,肚子饿了,能不能先照顾一下肚子?"这陈哥啊,和他在一起真的让你没有忧愁。在那条繁华的街上,找个吃饭的地方是很容易的,在一家方便轮椅出入的小吃店,我们停下脚步。落座之后,服务员递上菜单,陈哥点了几样菜,都是我喜欢吃的,因为他常到家里帮忙做饭,已经知道我喜欢吃什么了。饭桌上,陈哥还要了一瓶"小二"(二锅头酒)和两个酒杯,酒杯斟满了,他举起一杯送到我的眼前:"怎么样,敢来一口吗?"我看看陈哥又看看酒:"敢来一口?您应该问我'敢来一瓶吗?'"说着,半杯酒已经被我一仰头喝进了肚子。陈哥竖起了大拇指:"没想到啊,你还是位女中豪杰,那今天我可得好好和你比试比试。"吃过饭,我和陈哥虽然都喝了酒,还不止一点,不过我们的酒量还算可以,你走出餐厅的时候头脑都还是清醒的,只是话比平时多了一些。陈哥推着我又沿着路边走了一会儿,还推我进万通新世界广场里走了一圈。那里面真令人眼花缭乱,偌大的商城,商品应有尽有,珠宝、首饰、服装、鞋帽以及各类化妆品,让人应接不暇。走出万通新世界已经是傍晚时分,陈哥又乘地铁把我平平安安地送回了家。

社会各界的关怀让我更坚强

时光飞逝，转眼间就是 2013 年 5 月 11 日，母亲节到了，那一年我过了一个很不寻常、很特别的母亲节。5 月 12 日下午，中国残联多功能厅内一片欢声笑语、花香馥郁，充满着祥和温馨的氛围，不时响起一阵阵热烈如潮的掌声。由北京西城区生命阳光心理健康指导中心主办的，以"关注残疾母亲、帮扶贫困残疾人"为主题的"大爱无限"大型公益活动在此处隆重举行，一百多位残疾朋友代表和各界爱心人士欢聚一堂，热烈庆祝母亲节和第 23 个"全国助残日"的到来。

在此之前，我就已接到阳光心理健康指导中心曹雁主任的邀请，能参加此次活动，我很激动。5 月 12 日那天，我早早地起了床，请小时工阿姨帮忙收拾了一番，并翻出一身自己认为很好看的衣服。我想那一刻应该穿得漂亮一点，不是为了表现自己，而

心如皓月

是要展示残疾人的风采。来家里接我的车子很准时，刚刚吃过午饭，车子就到了。坐进车子里，我不禁叫出了声："还是残疾人专用车？真是太棒了！"以往每次出行乘坐的都是一般车辆，对于身体不便的我来说可是难事，又得找人来抱，又得往车上装轮椅。正兴奋时，我又看见了中心的林老师，她和司机刘师傅是专程来接我的。而这一切都是曹雁主任的精心安排，她想得真是太周到了。上了车，不多一会儿就到了活动现场，一群年轻人很热情地迎上来，帮我把轮椅推出了残疾人专用车，他们都是此次活动的志愿者。志愿者们耐心周到地帮助着每一位前来参加活动的残疾朋友，不管是推轮椅，还是把拄拐杖的残疾朋友一步步扶进座位安顿好。我深深地被他们感动，我在心里说："谢谢你们！可爱的志愿者朋友，你们真的辛苦了！"

在残疾朋友们的翘首以盼中，"大爱无限——大型公益活动"开始了，那一段段真情故事、那一个个坚强而挺拔的身影、那感人至深的委婉讲述，时时激荡着台下观众的心。"希望的曙光在哪里，在哪里，在哪里？不是在梦中，不是在天际，希望的曙光呦，就在我心里！"一首从20世纪80年代传唱至今的歌曲《希望的曙光》在多功能厅里回响，残疾朋友司德林老师正是这首歌曲的创作者之一，他在台上讲述了当年创作这首歌的真情故事，并放声高唱。随即歌声再起，阳光艺术团的演员们和台下的残疾朋友们一起合唱这首《希望的曙光》。而曲作者谷建芬老师的一句话更令台下的观众激动不已，她说："我觉得《希望的曙光》不仅是残疾人心灵的歌，也是我们大家心中的歌。"

社会各界的关怀让我更坚强

在掌声中,又一位代表上了台,我抬头望去,台上坐着轮椅的是一位身躯挺拔的女士,那是陈奎大姐。虽是初次见面,但是她的精神风貌却给我留下了深深的印象。陈奎大姐有个特殊的家庭,她和爱人都是重度肢残人,一直愉快地生活着。可是想不到,本来就重残的丈夫又因脑血栓彻底地卧床不起。真是天有不测风云,人有旦夕祸福。即使是遭遇到如此的灾难,夫妇二人依然不离不弃,相依为命28年。就在夫妇二人苦苦挣扎之际,一群好心的年轻志愿者来到了他们面前,志愿者的真诚和爱心,使陈奎大姐家的困窘得以缓解。除夕之夜,她的家里也有了欢声笑语,和志愿者其乐融融地一起包饺子。还是志愿者们,用辛勤的汗水圆了他们夫妇多年的梦想——走出家门,去感受外面世界的和煦阳光。陈奎大姐的故事告诉我们,爱就在我们身边,我们的社会是一个充满了爱与温暖的大家庭。

接下来,舞台上柔和的灯光下出现了一位亭亭玉立的姑娘,依旧是那双水汪汪的大眼睛,依旧是那一脸阳光灿烂的笑容,人们马上就认出她来——杨晓霞。18年前这个眼睛大大的小姑娘被一种罕见的怪病折磨,险些断送了她的人生。小姑娘的不幸遭遇引起了首都媒体的关注,她的新闻一经刊登便牵动了千百万人的心,救助杨晓霞的行动立即展开了。她是幸运的,最后得救了。中国康复研究中心康复工程研究所所长曹学军带领团队,为她因病失去的右臂设计安装了能活动自如的假肢,使她可以生活自理。今天她怀着一颗感恩的心站在了这里,以自己的坚强回报着爱她的人们。

心如皓月

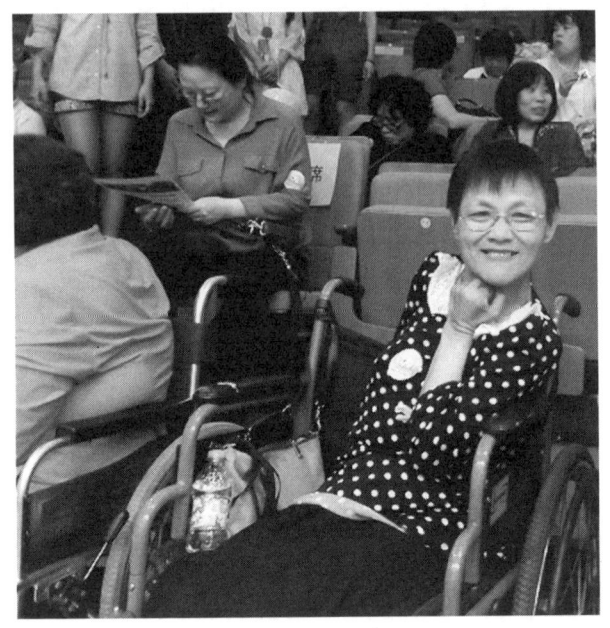

◆ 2013年5月12日在"大爱无限"母亲节活动上

阳光艺术团一首《感恩的心》,唱出了所有残疾朋友的心里话,就像歌词唱的:"感恩的心,感谢有你。伴我一生,让我有勇气做我自己。感恩的心,感谢命运。花开花落,我一样会珍惜……"台下的残疾朋友早已按捺不住激动的情绪,和台上的演员们一起放声高歌。一位残疾朋友代表说得好:"感恩是一种情怀,是一种生活态度。懂得感恩的人,一定会以感恩的心态去面对周围的人和事,以积极乐观的心态面对生活。感恩是世界上最伟大的力量,可以让生命不断地创造奇迹。我们每一个残疾人都应该做感恩的人,把得到的关爱传递给最需要的人。"而我们每一个残疾人都应该有这样的一种情怀,有这样的一种生活态度,更要有一颗感恩的心,做一个知道感恩的人,把得到的关爱传递给最需要的人。

我也是此次活动的嘉宾,在一阵热烈的掌声中,我被邀请到了台上。本来儿子是和我一起受到邀请的,但他要上课,未能出席。那一刻的我成了全场的焦点,台下所有人的目光都集中在我身上。主持人及生命阳光心理健康指导中心的王主任向在场的所有人介绍了我的事迹。因为儿子没有到场,我的语言又不够自然清晰,就由王主任代我读了我写给儿子的一封信,信中这样写道:

我亲爱的儿子:

时间过得好快啊,转眼21年过去了。1991年12月16日上午9点25分,妈妈剖腹产生下了你。我至今还清晰地记得手术的整个过程,手术器械碰撞的叮当声,手术刀划开皮肤时钻心的疼痛,连医生说了什么我都记得。因为妈妈患有重度脑瘫,身体时时刻刻都在痉挛,生你的时候只能做局部麻醉。你第一声惊天动地般的啼哭,让被绑在手术台上才能生产的妈妈落下了眼泪。妈妈觉得自己成了天下最幸福的女人,因为上苍给了四肢皆残的妈妈一个健康的宝宝!

你咿呀学语,蹒跚学步,长出第一颗小牙,第一次叫妈妈……每一次成长和进步都给妈妈带来无限的惊喜和快乐。

你特别懂事。两三岁时,你吃什么都会留一半喂到我

的嘴里。还会像大人一样，拿起梳子学着给我梳头，扫床，扫地，帮我递东西，做很多事。

你每次出去玩，总会先把我推到外面乘凉或晒太阳，和小伙伴玩一会儿你就会跑回来看看我，问寒问暖。如果我渴了，就端来一杯水，细心地喂我喝。

记得那是你上小学的第一天，你非要推妈妈去看看你的学校。那时你才六岁，个头和轮椅的把手一般高。因为轮椅的前轮小，遇上道路不平就会上下颠簸，你怕妈妈从轮椅上掉下来，就把轮椅转过来倒着推。咱们娘儿俩一边说话一边穿过车来人往的马路往学校走。到了学校，你把轮椅停在了教学楼前，小脑袋上直冒汗。你仰起头，用小手指着一扇扇窗户，告诉我，你的教室在哪儿，老师的办公室在哪儿，音乐教室在哪儿。你知道吗？儿子，上学是妈妈一生的梦想，那次是你带着妈妈第一次踏进学校的大门！

年幼的你是那么的纯真、善良，有时候我把你当作自己的老师。我曾经因为自己一时的消极，沉郁而羞愧。我告诫自己：尽管经历了风风雨雨，也不能悲观，不能脆弱，必须坚强，要给天使一般的儿子做个榜样！我至今不懈追求，能做出一些成绩，也是你给了我动力啊！

妈妈虽然无法用双手拥抱你，但让妈妈倍感幸福的是我可以一直陪伴在你左右，见证你的成长和进步；在你需要我的时刻，随时给你建议、提醒、支持和鼓励。如今你已经是一个体格健壮、英俊帅气的大男孩，是一名大学生了，你就是我的幸福和骄傲。

天有不测风云，三个月前爸爸因病离世，你接替爸爸，担负起为这个家庭遮风挡雨的重任。每到星期五下午，你会准时从学校赶回家，放下书包就扫地、擦地、洗衣服，想尽办法做点我爱吃的东西。如果天气好就推我出去晒太阳，甚至帮助我排便。儿子，为了这样一个重残的妈妈，辛苦你了！

儿子，你已经长大成人，要自己走好今后的路。你的诚实，你的善良，你的勤俭，你的阳光，你的孝顺，你勇于承担责任的本色要保持下去。要时时替别人着想，与人为善，更要懂得感恩。咱们一直得到许许多多好心人的关注、帮扶。将来你什么事都可以忘记，唯有这些好心的叔叔阿姨对我们的恩情不能忘！在你有能力的时候，要尽自己的才学和能力回报社会，像曾经悉心照顾咱们的叔叔阿姨一样去帮助别人，这是妈妈对你最大的希望！

读完信之后，全场都表示感动。社会各界向此次公益活动及贫困残疾母亲捐出了爱心善款。当曹雁把五千元的捐款送到我手上时，我激动得难以言表，那五千元在当时确确实实地能帮助我们母子二人度过最艰难的时期。

刚刚参加完母亲节"大爱无限"大型公益活动，我又接到北京一中院办公室主任王旸的电话，她在电话里告诉我，两天之后

心如皓月

法官们要带我去参观鸟巢和水立方。真高兴,这两个地方已经建成多年,但我只是在电视和网上看过,因为行动不便,从来没有奢望过能亲临现场一饱眼福。所以得知要去那里参观,而且是法官们带我去,我感到好兴奋,盼望着时间能过得快一点,再快一点。

◆ 2013年,与北京一中院的法官们欢聚在水立方

终于盼到了约定的那天,吃罢午饭,我就便急不可待地坐上了轮椅,请小时工把我推到楼下去等。他们好准时啊,说下午一点到就一点到。车子缓缓地在我的面前停稳之后,王旸主任第一个跳下车来,我的心里顿时有说不出的激动,大家一起动手帮助我坐进汽车。更令我感动的是,王旸主任和法官们连我习惯的坐姿以及胳膊和腿怎么摆放似乎都了如指掌。

车子疾驰在繁忙的公路上,因为行动不便,我平日里极少有机会外出走走看看,更不要说去景点参观游玩了。那一刻,我按捺不住心中的激动，尽情欣赏着车窗外那美丽的街景，想把它们尽收眼底。

离目的地越来越近了，那巨大的自然风格建筑——鸟巢首先进入视野。这是一个奇迹，更是一次突破。看，那是水立方——一个湛蓝的方形艺术建筑，好像一个充满方形水泡的水盒子，有种梦幻般神秘的感觉。她柔美而不失刚毅，静静地屹立在鸟巢的旁边。水立方与国家体育场（鸟巢）分别位于中轴线两侧，一方一圆，遥相呼应，好一个完美组合，构成了"人文奥运"的独特风景线。

整个水立方分为四层，其中负一层是比赛工作区，一层和二层分别是游览区和观众席，三层为场馆预留经营场地。此景不禁勾起了我的思绪——2008年北京奥运会，那段令人难忘的记忆。

从申奥成功到北京奥运会的举办，那是一场长达7年的等待。从浪漫的雅典到神奇的北京，奥运会的圣火传递的是奥运精神，燃烧的是东方人的希望。从"东亚病夫"到体育强国，这是人类历史的一次飞跃，是质的飞跃。2004年的雅典奥运会，世界被中国所震撼。当时的中国体育健儿满怀信心，尽显英姿，一举夺得32块金牌，创造了奥运史上的神话。在水立方场馆里我们聆听了讲解员的讲解，仿佛又一次看到了健儿们为国夺冠的那一幕幕辉煌。2008年北京奥运会上他们勇创佳绩，再续神话。

参观完了水立方，法官们又推着我走进了鸟巢。之前只能在电视和电脑上看见的鸟巢，那一刻我终于进去了。随着讲解员的

心如皓月

引领,我们进入各个场馆浏览,我才真真正正了解了奥林匹克公园,了解了水立方,了解了鸟巢。国家体育场位于北京奥林匹克公园中心区南部,主体建筑为鸟巢,是2008年北京奥运会的主体育场。工程总占地面积21公顷,建筑面积258000平方米。场内观众座席约为91000个,其中临时座席约11000个。鸟巢里举行了奥运会、残奥会的开闭幕式以及田径和足球决赛。奥运会后,鸟巢作为地标性的体育建筑和奥运遗产,成为北京市民体育活动及娱乐健身的大型专业场所。那天,在王旸的安排下,我们得以参观鸟巢里面的金银厅,堪称奥运建筑中的一绝。

参观结束之后的内容是两个支部的党团活动,主任宣布我也参加此次活动。我当然很激动,这已经不是我第一次参加他们的党团活动了。在鸟巢外的空场上,大家找了一片有绿荫的地方,两位主任和法官们围坐在一起,王主任宣布活动开始并讲话,接下来是两位新党员畅谈当日参观水立方和鸟巢的体会。轮到我说几句了,怎么说呢?凝望着面前法官们那亲切和蔼的脸庞,我心里有着千言万语却难以言表。他们对我的帮扶已经有六年了,整整六年的时间,不是一两天,是一段很漫长的时光,这期间虽有人员更替,可是对我一家的关爱和帮扶却从未间断过,并延续到今天。

说起北京一中院的领导和法官们,他们不仅仅是我的朋友,更确切地说就是我亲人、我的娘家人。那是2012年3月5日纪念学习雷锋五十周年之际,法官们带着对一个重残人的关爱,再次来到我家,那时,该院办公室支部和服务中心支部对我和我的孩子的帮扶已经坚持了四年多。头天,两个支部的党团员为了让

我更好地参与社会生活，写作更方便，给我送来了一台性能较好的电脑，那是他们自己出资购置的。崭新的电脑送到了我的床头，法官们帮我安装。很快电脑就安装好了，还帮我连上了网络。

又一个艳阳高照的好天气，同样是王旸主任及两位支部的领导、党团员代表来我家，接我去参观中国人民抗日战争纪念馆和卢沟桥。如果不是他们帮忙，我这样的重度残疾人说什么也去不了那儿参观、增长知识。参观之前我对于那段历史的印象可以说是模糊的，参观虽然只有短短半天时间，但却使我受益匪浅，我真正了解了抗战历史。

中国人民抗日战争纪念馆坐落在永定河卢沟桥以东的宛平城内，著名的"卢沟桥事变"就发生在这里。1937年7月7日夜，日军在卢沟桥附近演习，谎称丢失一名士兵，执意要进宛平城搜查，遭到中国驻军拒绝。随后，日军以此为由向中国军队开炮。宛平城内的驻军顽强抵抗，就这样，双方激烈交火，伤亡极其惨重。自此之后，中日战争全面爆发。法官们推着我进了大厅，我们跟随一位导游进了展览区，听着他一路解说，我们仿佛回到了昔日的战争岁月。

我们了解到整段抗战历史，从卢沟桥事变，到东三省的沦陷，到国共合作，到南京大屠杀，到抗战的各大战役，再到日本无条件投降。我们看到了自己的国家落后挨打的惨痛，看到了全国上下一致抗战的团结，看到了我们的民族从挨打到反攻的胜利。抗日战争是我们国家反侵略战争的第一场重大胜利，是我国近代史

心如皓月

上一个重要的转折点。它让我们看到了中国人民自己的力量和不屈的精神，看到了我们华夏民族的强大凝聚力，看到了中华民族伟大复兴的希望。

我深深地感谢北京一中院的领导和法官们，他们不是亲人，胜似亲人。在此我要说出心里话，谢谢你们，我亲爱的朋友、我的亲人们，祝福你们好人一生平安！

2013年6月初，也就是家绪病逝将近半年后，我收到瑞士老朋友凯瑟琳（中文名肖惠姬）的来信。和以往一样，信中首先问候我们一家人的身体及生活状况，还有孩子的学习。肖小姐对我们的儿子寄予了很大的希望。接着她和我讲了她的生活及工作近况，并告诉我，她不久后要来中国，到时会到家中看望我们。当时肖小姐还不知道家绪已经病逝，我没有告诉她，因为我不想让好朋友为我难过。如今收到了肖小姐的信，得知她很快就要到家里看望我们，我只能在回信中告诉她家绪已经病逝。

◆ 我和肖惠姬小姐的合影

我们的生活已经走进了信息时代,朋友间的消息来往早已有了传递电子邮件等选择。很快,肖小姐读到了我的电子邮件,当时就给了我回复,她对家绪的病逝表示很惋惜,对我们母子的不幸表示同情。信中告诉我,她将立即动身来看望我们母子。果然,两天之后,也就是 2013 年的 6 月 13 日下午,我的瑞士老朋友肖小姐来到家中看望了我们娘儿俩,还给我们带来了在美国买的纪念品。这是家绪病逝后我第一次见到她,她久久地拥抱着我,给予我极大的安慰。

此次她专程从美国飞至北京就是来看望我的,我们是 30 年的老朋友,她对我和我一家的深厚情谊千言万语也说不尽。陪同肖小姐来我家的仍然是茅于燕教授(茅以升的女儿)。茅阿姨虽然已经年过八旬,但是身体非常健康,精神矍铄,说话依旧很流利。

◆ 我们母子俩和肖惠姬小姐、茅于燕教授的合影

心如皓月

只是老人家有些耳背了，和她讲话时声音要大一点。看见她我也非常高兴，多年以来，每次都是茅阿姨陪同肖小姐来我家，我们之间已经建立了深厚的情谊。更令我高兴的是，我儿子的英语水平现在已经有了很大长进，可以流利地和肖小姐用英语交谈。过不多久，肖小姐起身告辞，她说今后有时间还会来看望我们母子，还说我如果生活上遇到困难要告诉她，她会尽力帮助我的。临行前，肖小姐从手包内取出一个纸袋，里面是五千元，硬塞到我的手上。我不收，可是怎么也推辞不了。肖小姐叮嘱我这笔钱去买需要的东西或者贴补家用。我们就这样依依惜别。

电动轮椅载我走向广阔天地

来我家的第二天一大早，肖小姐就赶回美国了，飞机落地后她立刻向我报平安。肖小姐临别时给我留下的五千元钱，我没有用在生活上，更没有舍得随便花上一分钱，而是用这笔钱实现了一个很久以来的梦想，那就是购买一辆电动轮椅，给自己安上一双"腿"，让自己不靠别人推轮椅也能动起来。读到这里，您一定要问了：你的残疾那么重，一双手都动不了，怎么能开电动轮椅？该不是异想天开吧？不是，我能行，一定能行！其实这个想法在我心里已经酝酿很久了。家绪在世的时候，我就不止一次和他商量过买一辆电动轮椅，这样可以锻炼锻炼、活动活动，可能的话也能减轻他的负担，可是都被他挡了回来："就你还要开电动轮椅？简直是胡闹，要想多活两天，你就给我老老实实地待着吧。"遭到几次拒绝，这事也就搁下了。想想家绪也是好意，是为

心如皓月

了我的安全着想。可是他在时,每天还可以推我去外面走走;如今他不在了,没有人能天天推我出去了,所以我对电动轮椅的需求再次迫切起来。

我把这个大胆的设想和儿子说了,儿子倒是很痛快,立即赞同,而且马上行动起来。儿子在电脑上下了单,快递就是快,下订单的第二天,电动轮椅就快递到我家了。那天我真是太高兴、太兴奋了,可以说那是我生命中一个值得纪念的日子。我的老朋友肖小姐圆了我一个心心念念已久的梦想,帮助我解决了电动轮椅的问题。也许有了它,我就能重新活一回。在这之前,不要说爱人家绪不支持我,就是和朋友们提起这个想法,也没有一个人不摇头,都说我根本不行。有的朋友和我开玩笑说:"你简直是异想天开,你用嘴巴也能开电动轮椅?路上那么乱,车水马龙的,到了高峰时刻更是插翅难飞。你是不是不想活了?还是放弃这个打算吧。"

是的,我的双手时时刻刻都处于痉挛状态,无法操控电动轮椅的控制器,我承认这是事实,但这不意味着我就一定开不了电动轮椅,我就是坚持我能行!因为我日常生活中许许多多的事情都不是靠双手,而是靠我的嘴巴来完成的。

下单后的第二天晚上七点多钟,快递员把电动轮椅送来了。看着眼前崭新的电动轮椅,我真的急不可待了,立刻让儿子帮助我坐了上去。先是在屋里练习。我弯下腰,伸着脖子尝试用嘴巴去够轮椅的控制器,果然成功了,没怎么费劲就够着了。我又试着用下巴按了两下按钮,轮椅居然动了起来。没有问题,我的嘴巴完全可以开电动轮椅。接下来我可不能再等了，就让儿子陪着我乘电梯下了楼，去小区里练习了一会儿。儿子做我的教练，时时刻刻提醒我掌握好方向。因为以前没有开过电动轮椅，第一次开动，我心里还是很紧张的，转向一时间还不那么灵活，东摇西摆、摇摇晃晃的。儿子在一旁不停地帮助我调整着方向，并且不停地提醒着我：别紧张，一定要注意前方。第一次电动轮椅试开虽然不那么顺畅，但是无论如何我成功了。我第一次不用别人推着，自己就能遛弯儿了！我实现了夙愿，挑战了自我。这就是我的人生信条——不服输，只要坚持，我必胜！

夙愿终于实现了，我用嘴巴开动了电动轮椅。可是每次我开动轮椅时还是相当吃力。因为电动轮椅的控制器安装在轮椅右边的扶手上，别人伸出手不费吹灰之力就可以操作。可是我就不一样了，开动轮椅时必须弯腰低头，时间长了腰酸背痛不说，低着头光顾开电动轮椅，无法注意到前方的路况和来往车辆，每前进一段就得停下来观察一下前方的情况，很害怕会碰到别人，也怕自己被车撞着。看着我的那副模样，旁人都为我捏着把汗。我自己也感到时间长了会很不安全。尽管如此，我还是按捺不住有了电动轮椅的喜悦，从此我在房间里也待不住了，好像插上了双翅，只要一有空就想满处溜达溜达。

一天，我驾驶着电动轮椅，花了半个多小时去玲姐家，这是有了电动轮椅后行进最长的一段路。看见我自己开上了电动轮椅，居然还到了他们家，玲姐夫妇很是吃惊，自然也很高兴，因为我自己可以出来活动活动，不用再坐在床上干着急了。可是高兴之

心如皓月

余玲姐就发现了问题,那就是我开车的姿势。玲姐着急地说:"这样怎么行?你这样弯着腰用嘴去按动控制器,时间长了多累啊。再说了,你低着头看不见前面的车辆,这也不安全呀。"接着他们夫妇就开始研究怎么把扶手上的控制器延伸出来,安装在我的胸前,最好能和我的下巴持平,那样的话,我开车时就不用弯着腰、低着头,也就能看见前方的道路和车辆。

玲姐夫妇对着我的电动轮椅好一阵子琢磨,还是他们的脑袋瓜灵活,比比画画,很快方案就出来了,那就是找上一根近一米长的铁管,再将铁管折出两个九十度的弯儿,之后固定在右边的车扶手上,再将控制器安在弯曲的铁管最上端,这样控制器刚好贴近我的下巴,我只要动动下巴,轮椅就能开启了。听着他们绘声绘色的描述,看着他们比画,我心里赞叹着:"好家伙,这想法真是绝了!真符合我的身体状况,如果那样,我用嘴巴操作电动轮椅就更方便了。"有了方案,玲姐安慰我说别着急,她先得找上一根铁管,她爱人贾哥还得去找会气焊的哥们儿来帮忙。

过了两天,玲姐打来电话叫我去她家,告诉我铁管她找好了,贾哥也把会气焊的朋友请到了家里,就等着给我改装控制器。我到了他们家,玲姐夫妇已经在门前迎候。只是不巧玲姐找的铁管细了,长度也不够,和扶手上原有的铁管焊不到一起。玲姐手里捏着那根铁管又犯起愁来。正好这时,儿童福利院的一位负责人路经玲姐家门前,看见我,便走过来。我在儿童福利院的时候和他也很熟,同在一个团支部,常常一起参加组织活动。多年不见,他当上了院办公室主任。寒暄之后,他得知玲姐夫妇正在给我改装电动轮椅上的控制器，为找不到一根合适的铁管而犯愁。他轻松地说："哎，不就是一根铁管的事？别着急了，我去给你们找找看。"说着他用手大概量了一下轮椅扶手上原有的铁管长度、粗细，转身回院去了。

看着那位负责人走进了院门，我心里暗想："也许他就是说说而已吧？人家哪有空管我的事，说不定就一去不回头了。"可是我想错了，时间过去才一刻钟，就见那位负责人手里拎着一根铁管回来了。一试，粗细刚好和我轮椅扶手上的铁管吻合。真是太好了，关键时刻得到了他的帮助，我心里实在感激不尽。接下来玲姐夫妇和负责气焊的那位朋友就在她家门前给我的轮椅动起了"手术"。门前正好有一家修理摩托车的摊儿，操作起来也方便。只见他们先把铁管用尺子量好，之后用钢锯锯成三节，再把三节铁管焊成我需要的弯曲九十度的形状，而后再将这根弯曲的铁管和轮椅扶手上的铁管固定在一起，这样铁管的最上端恰好伸到我的胸前，最后用螺丝把控制器固定在铁管的最上端。这下子，我不用弯腰也不用低头，只要动一动下巴就能开启轮椅了，腰挺起来了，前方的道路和车辆也都能看见了。为了让我上下轮椅方便，玲姐和负责气焊的朋友又研究了一番，用一个螺丝将弯曲的铁管固定住，只要拧一下，顺手一拉，弯曲的铁管就抬起来了，我上下轮椅就不会被挡住。

不到一个上午的时间，玲姐夫妇和那位会气焊的朋友为我解决了一个大难题。从玲姐家回来的时候，我感到一路畅通，仿佛自己的车技也一下子提高了，胆子自然也就大了起来，仿佛没有

心如皓月

去不了的地方。控制器改装之前我还不敢走得太远，只在楼下或是小区周边平坦的路边走一走、转一转。自从改装了控制器，我就可以轻松自如地穿梭在小区里的每个角落，我的心可再也收不住了，去近处走走已经满足不了我了。之前家里是小时工阿姨包揽买菜的事，现在我就可以信心满满地自己开着轮椅去超市买菜了。在超市服务员的热情帮助下，我第一次挑选到自己需要的东西，买到了自己喜欢吃的食物和新鲜的蔬菜。下巴按着轮椅控制器出了超市的那一瞬间，我的心情太激动了：我不仅自己走出了家门，还可以自己买东西了，仿佛就是我新生命的开始。那一刻，我的心里真真切切感到自己不再是一个"残废人"，我有用了，我有用了！

玲姐夫妇帮我改装好电动轮椅，我可以自己上街买东西了。可是买的东西放在哪儿？我的手是拿不了的，还是方芳帮我解决了这个难题。她买了一块布，到服装加工店给我做了一个不小的布口袋，刚好挂在轮椅的靠背上。在超市里我看好了要买的东西，服务员就帮助我放进布口袋里。有时候东西买多了，布口袋被塞得满满的。开动轮椅时，我总是低着头用下巴，这不只是一种习惯，更是为了回避路人向我投来的惊奇的目光，看上去怕是好似乌龟。但我已经顾不得我是什么模样了，是张莉也好，是乌龟也罢，总归一句话：我得生存，我要独立！

不久后的一天，我又出门来了一次探险。这天吃过饭后，我感觉天气还行，虽然有点风，但是太阳还是很温暖的，如此的大好时光不能把自己关在屋里。其实上午我已经出去转悠了一会儿，只是没尽兴，再出去走走吧。于是我便请小时工阿姨帮助我坐上轮椅。去哪里？走吧，走到哪儿算哪儿吧，如果不认识路，大不了原路返回。这次我才发现自己的另一个"天赋"——路痴。我顺着地铁13号线上地站附近的过街天桥往西直行，这还是第一次自己开电动轮椅向西行。大约过了三个红绿灯，拐了两个弯，我定神一看，北京体育大学就在眼前。在校门前我停了下来，不能再往前走了，因为上午出去时轮椅已经消耗掉了一半的电量，如果在回家路上轮椅的电用完可怎么办？我的心里有点慌了，开起轮椅就往回走。真的很幸运，不到一个小时我就回到家了，一看轮椅里的电量只剩下一格，我的这次探险又胜利了，或许真的有神明在保佑着我。

从此以后，我几乎每天都用下巴开着电动轮椅来往于小区内外。不仅去超市，还常常去清河小营市场转转，买买东西。此外，我还去银行，因为那时我们娘儿俩还都享受着政府的低保，每月去北京银行领取生活费。我用下巴开动轮椅也成了街头一景，而且我的车速也在不断地提升，从一档、二档提到了三档，轮椅的速度已经超过了步行的人。自然招来了许多人的关注，他们好奇、怜惜、惊叹……有不少人驻足，用手指指点点地悄声议论着，这些话我可都听见了："嘿！快看啦，这个人在用嘴巴开电动轮椅，走得还挺快。""不会吧，嘴巴怎么开动轮椅呢？""行了，你们说得都不对，我看啊，她的车是气吹的，你们看，她嘴巴恰好对准那个控制器，吹上一口气轮椅就走了。"有的小伙子看着我，嘴里连连赞叹道："绝了，神奇的驾驶！"当我走在路上，常常有人微

心如皓月

笑着和我点点头,然后竖起大拇指给我一个大大的"赞"。

用上了电动轮椅,我的出行方便了,生活质量提升了。可是每天电动轮椅出出进进又遇到了一个新的问题,那就是我们单元楼一层的无障碍设施。我们居住的美和园小区12号楼是该小区唯一的一栋廉租房,居住在此的绝大部分都是老弱病残,更有坐轮椅上上下下的。在政府的关爱下,楼内已经配备了必要的无障碍设施。例如,楼房每层的603室就是专门为重残者修建的,里边有较大的厨房和卫生间,坐着轮椅进出非常顺畅;在宽敞的卫生间里上马桶和坐在轮椅上洗澡也很方便。在每个楼门前都修有轮椅坡道和不锈钢扶手,这样轮椅车就能顺利地进出。

尽管如此,我们楼的无障碍设施还是有一点点的欠缺,那就是在单元楼的最底层楼门前还有一道不到半尺高的门槛。别小看这不足半尺高的门槛,它说高不高、说低不低,对健全人而言,跨过它不费吹灰之力,但我们的轮椅要过,可就不那么简单了。每当轮椅车经过这道门槛的时候,必须有人在身后帮助推一下,用力小了还不行,必须使出全力,把轮椅的后轮抬起才能过去。我每天进出这里都得请小时工阿姨帮忙,或是请街坊邻居搭把手。

记得有一次我从街上回来,就在距离我们12号楼还有一段路的时候,忽然下起了雨,我慌忙加快了电动轮椅的速度,想着快点进楼道去避避雨。我的电动轮椅顺利地上了轮椅坡道,可就是跨不过这道门槛,任凭我用尽全身力气都无济于事。由于是下雨天,楼下一个人都没有,所以也就没有人来帮我推一把。一阵疾风骤雨之后,天放晴了,我的全身却被雨水打得湿淋淋的。每天出出进进，每次要经过这道门槛，都令我犯愁，就盼望着旁边能有个人帮忙推一把。时间长了我就开始考虑此事，总是靠别人推也不是长久之计呀，单元楼内不只我一个人坐轮椅，如果单元楼前没有这道门槛，不仅我出出进进方便了，其他的残疾人也会受益。

就这样，我心里酝酿了一个想法——有困难去找组织，去找我们的"娘家人"残联。我先征求了本单元坐轮椅住户的意见，并把自己的想法告诉了他们，结果他们都举双手赞同，有人还要和我一起去和残联商谈。很快，我就拟写了一份申请书，并请坐轮椅的住户都在上面签了字，然后用嘴巴开着电动轮椅，把申请书送到了清河街道残联负责人的手上。因为金隅美和园小区的所在地是清河，一切事情从基层做起。该负责人了解这一情况后连连点头，表示深深的理解，并答应会尽快向上级残联反映，也会尽快给我答复。申请书送到残联之后就只有耐心等待了。我坚信组织一定会帮助我们解决这一难题，会为我们的便利出行再加把油的。两三天之后，我果然接到了街道残联负责人的电话。电话里他告诉我，我们的事他已经反映到上级残联及有关部门了，上级领导很重视，并且要来走访视察。没想到组织上这么快就给了我们答复，我的内心感到暖暖的，又一次深深地感到了党和全社会对于我们弱势群体的极大关怀。

又过了几天，清河街道残联负责人的承诺兑现了。区残联领导及该街道残联工作人员专程来到我们12号楼一单元的楼门前，考察我们所反映的单元门前那道门槛所带来的不便。清河残联的

心如皓月

领导及有关负责人还特意让我在那道门槛前进出两次,发现我经过那道门槛时,如果没有人上前推一把,就出不去也进不来。考察了实地的情况,看到我们几位重残人出行得如此艰难,在场的残联领导当即拍板为我们排除这最后一道出行障碍,去掉单元楼门前的那道门槛。又过了一个多星期,清河街道残联领导亲自挂帅,带领着施工人员来了。工人们经过两天辛苦劳动,终于拆除了那道妨碍我们前行的门槛。门槛没了,旧的大门也换成了新的,水泥地面被磨得平平整整,无论电动轮椅还是手动轮椅,经过门前时再没有任何的障碍。记得当那道门槛被拆除、脚下的路变得平整畅通的那一刻,我兴奋极了,我用嘴巴开启着电动轮椅出出进进无数次。我自由了,彻底自由了,哪怕没有人推我一把,我自己也可以开着电动轮椅潇潇洒洒地出门了。

坐上了电动轮椅,加上残联及有关部门给我们修建的畅通之路,楼里楼外都实现了无障碍,不用别人推,我的行动彻底自由了,每天尽享阳光赋予我的温暖和活力,我的心情也在渐渐地平复。可是家里的收支状况又让我无法安心度日,虽然孩子读大学的费用有政府的资助和部分好心人的帮助,但是其他家庭开支也不是一个小数目。家绪病逝后,我的生活需要有人照料,这样每个月就得用掉一笔不小的费用雇人,每天还得负责小时工阿姨的两顿饭,再加上其他开销。尽管有好朋友曹雁慷慨相助,帮我找了工作,家里的日子还是过得捉襟见肘。有一天,我又去了玲姐家,闲谈时和她说了这事,毕竟是几十年共患难的病友,我们已如同亲姐妹,彼此有了喜事和烦恼都想互相倾吐一下。况且我们姐妹几人中玲姐的岁数最大，也最有头脑、最有见地，哪个姐妹有了困惑、有了难事，都想去和她唠叨唠叨，让她给评评理、拿拿主意，我也是。她的脑袋瓜比我管用，肯定会给我出个好主意的。果然，那次去她家有收获，这位姐姐还真的为我想出了一条生财之道。

听完了我的唠叨，玲姐没有立即说话，很显然在思索着什么。过了一会儿，她伸手在我的肩上拍了一巴掌："哎呀，我的妹妹！人家都说你是咱们姐妹几个里最聪明的，怎么一遇事倒没头脑了？要我说啊，其实赚钱的路就在你眼前。"她的话把我说懵了："赚钱的路就在我眼前？就我这个样子怎么去赚钱？你让我拿什么去赚钱？"接着我又玩笑地问了一句："你该不会让我去街头乞讨吧？"玲姐朝我翻了个白眼："你的书《生如残月》不是早就出版了吗？去卖你的书啊！"她一句话提醒了我：是啊，去卖我自己的书，这就是生财之路。可是想了想我又犹豫起来："去卖书，可是就我，我，我的书有人买吗？"

玲姐提高了嗓门儿："有人买吗？你先把'吗'字去掉，要我说肯定会有人买的。"接下来她讲了两位重残人兄弟写书并闯北京卖书的故事。她曾经在街头遇见过那兄弟俩，并买了他们的书。那兄弟俩就凭着街头卖书发了财，还在北京买了房子。听完后我和玲姐开玩笑："还房子呢，我可没有人家的那份运气和本事，只要我的书能卖出两本，让我赚上一点点菜钱，填饱肚子饿不死就阿弥陀佛了。"玲姐看看我说："看你说得可怜兮兮的，咱们还没有落魄到那个地步吧？"过了片刻，玲姐又给我打气道："弄点书

心如皓月

先去卖卖看,听姐姐我的准保没错。"她先生贾哥也在一旁打气:"对,听玲子的没错,说不定你真的会发大财。记住,需要帮忙就来找我们,我们之间可是没说的。"玲姐拍着脑门思索了片刻说:"其实你去卖书不需要太多的准备,写上一段广告词,再做个广告牌,给自己做个介绍。剩下的问题就是你的书从哪儿进货,你先打电话问问出版社,他们能便宜批发给你吗?弄几十本先去卖卖看。"稍后玲姐又和我打趣说:"告诉你啊,发财了别忘了你姐姐我。"她的话让我发笑:"还发财呢,说不定一本都卖不出去,就凭我写的书?"玲姐瞟了我一眼:"你要是发了财,可别不理我这个穷姐姐。"我也开玩笑道:"怎么会呢?等我发了财,你是第一个要重谢的人。"想想玲姐指的这条路也许可行,我决心去尝试一番。

为了改善家境,街头去卖书

拿定了主意,接下来我就开始着手准备,先给华夏出版社读者服务部打电话,用作者折扣进了几十本我的书《生如残月》。经过半夜的琢磨和推敲,我自己试着写了一段广告词,广告词这样写道:"我叫张莉,现年56岁。自幼患重度脑瘫,四肢皆残,用嘴巴叼笔写字并进行文学创作。13岁起我就忍着身上的疼痛,克服了常人难以想象的困难,在无人指导的情况下自学,先后完成小学至高中及文学函授班的课程。自学写作,有百余篇作品先后在国内外刊物上发表,并多次荣获奖励。2007年出版了长篇自传体小说《生如残月》。"

"虽然身患残疾,但我曾经也有一个和谐美满的家庭。但是天有不测风云,一年前,与我相依相伴二十多年的丈夫突发疾病撒手人寰,永远地离开了我和正上大学的儿子。我身患残疾,生活

心如皓月

需要他人的帮助,目前我们母子的生活陷入了极其艰难的境地。现在的愿望就是得到全社会好心人的理解和帮助,请伸出您的援助之手,买上一本我自己用嘴巴写成的自传体小说《生如残月》吧,我将不胜感激。"

广告词写好了,我又找到一家打印社打印了出来。之后我拿去给玲姐夫妇看,他们看了之后都冲我竖起了大拇指。贾哥又和我开起玩笑来:"等我和玲子有工夫,就去给你当'保镖',替你助助阵,只要有我俩在,保你多卖出去几本书。"玲姐看着他笑了,冲我说:"听见没有?你姐夫又在吹牛了。"

说干就干,我就是这么个急脾气。从玲姐家回来的路上恰好经过一家制作广告牌的店铺,我就走了过去,喊出老板,询问了价钱:一张一米见方的广告就是四十元,很好用,用的时候打开,不用了可以折起来。我觉得四十元贵了一点,砍了半天价。老板看看我,叹口气说:"唉!看你也挺难的,便宜点,你就给我三十吧。"两天之后,卖书的广告牌做好了,向出版社订的书也送到了,一切准备就绪。当天中午,我鼓起全部勇气实施了计划——去卖自己的书《生如残月》,满怀希望地想借此缓解一下当时的生计困难。那天去的地方是小营车站,本想那儿的公交车比较多,来往的人流自然也会多,书会好卖一些。小时工阿姨用自行车帮我拖着书箱子过去,到了路边,她又帮我展开广告牌铺在公交车站旁边的甬道上,再将书箱子放在广告牌的旁边。我就这样在路边摆起了书摊。帮我做完这一切,小时工阿姨回去了,说定晚饭时再回来接我。

永远忘不了卖书第一天的那个下午，我自己独自坐在路旁，写书人一下子变成了卖书人。面对那川流不息的人群，接受着不同含义的目光打量，其中有同情、怜悯、好奇、不以为然……我怀着忐忑不安的心情，从午饭后就一动不动地坐在那里，一眨眼两个多小时过去了。没有人上前买我的书，有人凑上来看看广告牌上的广告词，有的人拿起一本书问道："我先看看书可以吗？"我说："当然可以！"之后他们便拿起书翻看着，看过之后又将书放回原处，先后有几个人都是如此。眼看着夕阳西斜，大半天的时间都耗费在街头，却没有卖出一本书。望着面前摆放着的广告牌和书，我感到有些灰心了，我在心里对自己说："看来这条路根本行不通，不会有人来买你的书。"正当我感到心灰意冷的时候，突然听见了一个小伙子的问话："您的书多少钱？我来一本。"小伙子拿起了一本书，并把书钱替我掖进口袋里，转身离去。或许是那位小伙子的行动影响了其他人，紧接着又有几个人走上前来，买走了书。

第一天坐在街头卖书，收益虽然不多，但总算是开张了，就卖出去五本，也太惨了吧。不过我还是庆幸的，毕竟这是我第一次坐在街头卖书，大半天的时间书没有卖出去几本，倒是累惨了，回到家里连饭都没吃，因为没有一点食欲。打开电脑本来想干点什么，可是我连头都抬不起来了，不知不觉就趴在桌子上睡着了。一觉醒来，看闹钟已是深夜十二点多了。好了，今天我还活着，这就意味着黎明就要到来了，天亮了我还得继续去拼搏！

我的书虽然第一天只卖出去了五本，但就是这五本让我看到

心如皓月

了希望。第二天午饭过后,我照例去了小营车站,心里只盼着能多卖出去两本。坐在那里书还没有卖出去,却发生了这样一件事,让我挺生气的。一对夫妇领着一个小姑娘,她看上去大约七八岁,挺可爱的。他们匆匆忙忙地赶路,没有注意到我摆在路旁的书,结果一家人的脚都落到了我的书上。书不但被踩脏了,还被踢得乱七八糟的。听见我制止,他们的脚步才停下来,两个大人一脸若无其事,倒是小姑娘眨着一双大大的眼睛看看我,怯生生地说了句"对不起"。而她的妈妈满不在乎地瞥了我一眼,拉起小姑娘就走了,听不清嘴里还嘀嘀咕咕什么。

从此后,每天只要天气好,我都出去卖书,遇到的事自然也就多了,渐渐地我就习以为常了。又有一天,有两位女士走近我的书摊,其中一位停下来看了一下我跟前地上铺的卖书的广告牌,俯身伸手刚要拿起一本书,她的同伴却抓住了她的手,嘴里还冒出这样几句话:"你还真相信这个啊?告诉你吧,这都是编造出来的,故意装出一副可怜兮兮的样子让人们看的。"听她这么一说,她同伴伸出去的手立即缩了回去。听了这样的话,我不由得全身一颤,编造出来的?即便我是故事大王,我的书是编造出来的,那么我的身体状态也能编造出来吗?但我什么也没说,把委屈强忍在心里。我默默地注视着她们,那一刻,我倒是觉得她们是那么的可怜,简直就是精神乞丐。

我认为自己做事情还是有点恒心的,开弓没有回头箭,每天出去卖书。无论遭遇多少困难,我始终会执着前行。还是有令我高兴的事,记得有几天的天气不好,我就没有出去,等我再次出

为了改善家境，街头去卖书

◆ 我在街头卖书的情景

去卖书时，有几位读过我书的人，见了我就关切地问这问那，问我为什么好几天没有来，身体是不是还好，是否有什么事情需要帮忙。有的读者要了我的联系方式，他们说如果不见我出来卖书，就要打电话给我，知道我平安他们心里才踏实。有一天，一位年轻的女士买了一本我的书，就站在车站边看，刚刚看了几页，她的眼睛就湿润了，随即她又转回来，居然一下子买了七本，说回去送给她的朋友们读一读。我的记忆中还有这样一位老太太，一天她经过我跟前，先看了一下地上铺的广告，随即掏钱买了一本书。老太太站在原地就翻看起来，刚翻了几页就听见她连连赞叹道："好书，好书！"说话间，泪水已经溢出了她的眼眶。她掏出纸巾擦拭着眼泪，走到我的面前，伸手抚摸着我的肩头："好样的，坚强的人，一定要保重身体！"此时我的面前已经围了一些人，有的人在看地上铺的广告，有的人在翻看我的书。老太太伸手一下子拿起十本书，并细心地把书钱帮我装进包里，随即转身把手里的书分发给那几个正在翻看书的人，她嘴里还不停地说着："看看吧，看看吧，这才是我们身边的榜样。她，张莉，就是我们

119

心如皓月

学习的榜样！"这之后老太太又几次买下我的书，而且一买就是五六本，然后送给不相识的路人。我心里明白，她是在以这种方式帮助我，更是在替我做宣传。她的举动实在让我感动，我的内心充满了感激。

时光飞逝，转眼间，小时工阿姨已经在我家工作了一年多。忽然有一天，她说家里有事不能再来，让我再寻找别的人帮忙。说实在的，当时我还真有点着急，家里一下子没了小时工，我就没有人照顾了，孩子在上学根本无暇顾及家、顾及我。接下来寻找新的小时工又成了我首要的事情。一天上午，我在小区里遛弯儿，恰好遇见了保洁队的队长小戈，就是最初 A 大姐女儿盼盼给我介绍的那位。我自己开着电动轮椅在小区里出出进进已经一年多了，认识了不少小区里的人，自然也认识了小戈，因为常常看见她忙于楼宇间的卫生保洁。她自然也早知道了我的事情，每天见面都会热情地和我说说话。小戈嘴巴很甜，见到我总是"大姐""大姐"地叫个不停，其实她和我一样大，都是属鸡的，叫大姐那是人家对我的尊重。

心里想着寻找小时工的事，那天我一看见小戈就拜托她，看看能否帮我找一位合适的小时工来家做事。我的话一出口，小戈就满口答应了，她说给我留意看看，尽力帮我找一位让我满意并能照顾好我的人。因为事情迫在眉睫，时隔一天我又在小区里碰见了小戈，急不可待地问是否有合适的小时工。没等我的话问完，小戈就爽快地说："我去给你帮忙吧！"就这样，我的小时工换成了小戈。给我做小时工只是她的第二职业，她当然还得以自己的保洁工作为重。她早中晚会来家里帮帮我，月薪和前一位小时工一样，是两千元。

小戈是河北张家口人，人很厚道，待人也很热情。她虽然没有念过书，不识一个字，但却通情达理。她知道我家境艰难，不仅不在我家吃饭，也放弃了休息日。她说我儿子平日里上学很累，难得周末休息两天，就让孩子忙忙自己的事情吧。又有人来家里帮忙了，我每天的起居、一日三餐有了保证，我的心也再次踏实了下来。可是小戈刚刚到我家干了一个多月，她女儿要生小孩，让她去伺候月子。怎么办？说实话真有点舍不得她走，可是人家女儿生产是大事。小戈对我也很负责，她又在保洁人员中给我物色了一个临时的小时工，姓胡，五十出头，也是张家口人。小胡人也很实在，做事情也踏踏实实。

感谢雁子，让我看到大海

2014年7月初，小胡代替小戈来我家上班还没过几天，我接到雁子的通知，生命阳光心理康复指导中心组织该中心的骨干和残疾朋友去南戴河旅游，也带上我。得知这消息，我真的太高兴、太兴奋了。身为一名重残者能去旅游，而且是去看我向往已久的大海，这是一次非常非常难得的机会。我兴奋得几乎彻夜未眠。很久以来，我的心中早就有着一个美好的愿望，那就是去看海，亲身感受大海的情怀，去体验大海平静时的博大，去倾听浪花拍打岩石发出的声音……但是由于重度残疾，平日里我外出活动都极为不便，更别说去海边了。我心里总觉得，这是个遥不可及的梦想。

现在，我的心愿终于要实现了。好不容易盼到了出发的那天，我和陪同我的小时工小胡早早地乘坐地铁赶到了集合地点。到了上车的时候，朋友们齐心协力，帮助包括我在内的几位重残人安

◆ 2014年7月初，随同生命阳光心理康复指导中心成员在南戴河旅游，前排左四是我

全舒适地坐进了旅游大巴。

清晨七点钟，我们这支特殊的旅游团队准时出发，雁子任总领队。残疾朋友们按捺不住喜悦的心情，一路上大巴车里充满欢声笑语。旅游大巴渐渐地远离了闹市，奔上高速路，奔向我们渴望已久的大海。大约行驶了五个小时，大巴车终于把我们带到了南戴河。我们的下榻地是南戴河国信度假村，一幢五层高的灰色宾馆楼，清新优雅，绿树掩映，鲜花围绕。中心领导为了大家活动方便，把客房全部安排在一层。我和小胡住进了101房间，房内清洁幽静，有两张舒适的单人床，电视机及生活用品一应俱全。到达度假村之后，中心领导让我们先回房间稍做歇息，处理一下自己的事情，然后去餐厅就餐。到了海边，第一餐当然就是海鲜。

吃过了海鲜，接下来就是让我们最激动的——去看大海。虽然

心如皓月

已经不是清晨,但我依然可以听见涛声,伴随着小鸟清脆的歌声,大海仿佛刚刚从睡梦中醒来,轮椅车载着我慢慢驶向海边,驶向那个让我朝思暮想地方。

那一刻,我终于见到了波澜壮阔的大海,她是那样的神圣、迷人,令我感慨,更使我陶醉。一阵阵清新的海风迎面扑来,带走了我大半天乘车的疲劳和睡意,让我顿感轻松舒畅。海鸥在蔚蓝的天空中自由自在地翱翔。平静的海面上,有几条小渔船在水雾中若隐若现,渔家又开始了忙碌的一天。

我坐在岸边的沙滩上向远方眺望。那一刻,只觉得天地越来越窄,最后被压成了一条线,融合在了一起。水天一色,浩渺无际。海水奔腾着,翻起一朵朵浪花,拍打在岸边的岩石上。

我不由得感叹:啊,海是多么美啊!我忍不住向她靠近。她接纳了我,拥抱着我,亲吻着我。她是如此的亲切,就像母亲那慈祥的笑脸、温柔的低语。此时,太阳公公露了面,阳光如千万条金丝洒下,暖暖的,痒痒的,落在我的背上、手臂上和我含笑的脸上。

临近傍晚,岸上渐渐热闹起来了,人越来越多。我看到一位年轻的姑娘坐在沙滩上凝视大海,好像在思考着什么;一对年老的夫妻在岸边悠闲地散步,谈笑风生;天真活泼的孩子们把身子埋在沙子里,堆城堡,捡拾贝壳,捉小螃蟹……他们那银铃般的笑声与阵阵波涛声共同奏响了美妙的天籁之音。

待到黄昏,夕阳西下,远方燃起了火一般的晚霞,染红了天边的云朵,染红了半边海水。落日的余晖,美得人都要醉了。海风凉飕飕地吹过，牵起我的发丝；海鸥盘旋，时而轻点海面；渔船上，人们正撒网捕鱼。我屏住呼吸，任由心儿被这壮观绚丽的景色征服。南戴河之旅深深地留在我的心中，成为一段最美丽的回忆。

从南戴河回来之后，在家里休整了两天，我又恢复了以往的日程。不久后，小戈照顾完女儿的月子回来了，继续来我家帮忙。家里的事稳定后，我照例去小营那边路旁卖书，由赵师傅按时接送。赵师傅是小戈的爱人，同是张家口人，一位老老实实、勤勤恳恳的庄稼汉。只要天气好，我就趁着早晚上下班的人流高峰时段去卖书，赵师傅用三轮车帮我带着书，到了地方，帮我把卖书广告在地上铺好，再把书摆放在广告的四周，收摊时再帮我收拾好。此外，赵师傅还很担心我路上的安全，每次都很耐心地跟在我的电动轮椅后面，直到我平平安安地回到家。日子就是这样一天天地过去，我卖书的生意渐渐面临困境，有时在原地一坐就是几个小时，头顶炎炎烈日，强忍着口干舌燥，可书也只是卖出去一两本，有时索性无功而返，对此我非常焦急。

雁子很快得知了我卖书所遇到的困境，又一次绞尽脑汁给我送上"及时雨"。她先自掏腰包买了我的书，之后分发给中心的领导及残疾朋友。随后她又和中心的残疾朋友策划着给我拍了一部街头卖书的专题片，出品人曹雁，总策划人李嘉，中心爱好摄影的残疾朋友协助拍摄，专题片名为《给她一个支点，助她更坚强》。拍片时正值盛夏七月，酷暑难耐，中心爱好摄影的残疾朋友们驾驶着残疾人专用摩托，浩浩荡荡地来到我家，准备一路跟踪拍

心如皓月

摄我卖书的行程。

这支残疾人摄影队由总策划李嘉带队,在中心里大家都亲切地称他为李老师。李嘉老师我也是到中心工作之后才结识的。他五十多岁,双下肢残疾,靠着一副拐杖行走,室外活动就要驾驶残疾人专用摩托了。在中心里他是有名的"铁笔杆子"和过硬的策划人,曾几次成功地策划了重大活动。我也曾多次得到过他的帮助和指导,我在中心网站上发表的文稿也大多经过李嘉老师的修改。

来拍摄的残疾朋友们,双下肢虽然都患有不同程度的残疾,却随身带着沉重的摄影器材,包括摄像机、大小不一的照相机等,长枪短炮,一应俱全。残疾朋友们从我家拍起,拍我的日常生活,拍我写作的样子,又拍我用下巴开着电动轮椅走出家门,前往地铁站附近的公交车站卖书,一路上,残疾朋友们拄着拐杖,或是开着残疾人专用摩托,手上还在不停地拍摄。他们跟着我穿过熙熙攘攘的人流、车流,爬过上地站附近的过街天桥……录下了我卖书的全过程。为了拍摄此片,残疾朋友们付出了最大的努力,克服了许许多多自身的不便。比如摄影队里的骨干孙召军,下肢装有假肢,无法长时间站立,拍摄的时候只能跪在地上,肩上还要扛着重重的摄像机。还有丁肖敏老师,行走要依靠电动轮椅,他用一只手按动轮椅的开关,另一只手举着摄像机进行拍摄,孙宝忠老师也是类似的情况。

大半天的拍摄完成了,摄影队的残疾朋友们一个个累得汗流浃背。特别是孙召军等腿部装有假肢的残疾朋友,大半天拍摄下来,不但疲惫不堪,过度运动还让腿部与假肢连接处摩擦得生疼,辛劳可想而知。残疾朋友们以辛勤的劳作与坚强的意志拍摄出来专题片《给她一个支点，助她更坚强》。该片播出后，在社会上引起很大的反响，尤其是在中心和中国残疾人网上，得到了残疾朋友们的一致称赞，他们纷纷预定并购买了我的《生如残月》，共同帮助我度过了这段艰难的时光。这些好人，我永生难忘。

  我去街头卖书的事，小区里几乎人人皆知，邻居们对我的家庭所遭受的不幸给予了同情和支持，有不少人买了我的书。也许是因为境遇类似，12号楼的住户对我更加关注。一天傍晚卖书回来，恰逢大家在楼下闲谈，看见我回来了，就都围拢上来，关切地询问生意如何。我摇摇头叹口气，是的，那天我正巧空手而归，一本书都没有卖出去。同楼三单元的邻居杨子走到我的面前拿起一本书翻看，给我指导："大姐啊，您这书不能总在一个地方卖。您想想，爱看书的人，经过您摊子的，想买的都买了，再说，书不像吃的喝的，人们每天都得消费，这书买上一本就要看上一阵子。"想想他的话，确实挺有道理。

  翻了一阵子手里的书，杨子笑着和我调侃道："大姐啊，要我说您这书还真是一本好书，看看真是能提神。我可要说一句了，这么一本好书，就放在小营路边去卖，这不是糟蹋了您的才华吗？"我摇摇头："杨老弟取笑我，我哪有什么才华啊。"杨子连连摆手道："没有，没有，我哪敢取笑大姐？说真的，您的才华和精神真值得我好好学习啊。"稍停片刻，杨子换上一副正经的面孔："大姐，听我的吧，您的书真的不能总在街边卖了。"我叹口气："不在街边卖，能去哪儿卖？"杨子提高了嗓门儿："应该让

心如皓月

您的书登上大雅之堂，走进高等学府！"我笑了笑："就我的书？"

杨子一本正经起来："对，就是您的书！这样吧，明天我就陪您去清华大学溜达一圈，去试试运气，您的书一准儿一抢而光。"我摇摇头，太远了，我的轮椅电量没有那么大，也许勉强能到那儿，可是就没法回来了。杨子又沉思了片刻，之后一拍大腿："嘿，有了！咱们眼皮子底下不就是北京体育大学吗？那儿也是高等学府啊，明天我正好有空，陪您去试试看。"果然，第二天午饭之后，杨子在楼下等着我，他用摩托车帮我带着书箱子，一起去了北京体育大学。到了校门口看见保安，我有点胆怯，担心会遭到盘问，杨子却说："进去吧，没人管。"果然没有人管，杨子在前，我随着他一起进去。

第一次进入北京体育大学的校园，我看见的是建筑风格迥异、高低错落的教学楼及学生们的宿舍楼。当时虽已是初秋的季节，但仍会让人感到浓浓的绿色气息，校园内一排排挺拔的松柏、整齐的冬青，就像雄壮的绿色军队，守卫着整个校园，任凭季节变迁，一刻也不松懈。

有好树，自然有好花。也许它们不是四季盛开的，却各擅胜场。春有海棠秋有菊，夏是泡桐冬是梅。总之，就是一个字：美。那种意境和感觉，伴着微风中向人袭来的花香，想不陶醉都不行。好树好花好景致，这是理所当然的，树和花，自然就成了好景。我心中不禁遐想，倘若在严寒的冬季，再加上风雨雪霜的点缀，便是好景成双了。风后之花，虽有些狼狈，却很自然，花瓣被吹落一地，不是也很美吗？如果在雪后，那是最美不过的了，用任何华丽的修辞都绝不过分。

偌大的校园,我的书放在哪儿卖合适呢?杨子察觉到我的困惑,就安慰我说校园里的情况他很熟悉,一定会帮我安排一个显眼好卖的地方。我随着他沿着校园平坦的路左拐右拐走了一气,最后杨子让我在学生餐厅楼前停了下来。他告诉我,眼看就是学生们用餐的时间了,每天饭点这里的人流量最大,不仅校内的学生在此就餐,校外附近的人们也会来。说着话,杨子帮我把广告牌铺在餐厅前的甬道上,再把书摆放在广告牌的旁边,这是一个不妨碍别人走路的地方,在我的身后是一排学校的宣传栏。一切准备就绪,杨子顺势蹲在了摊子旁边。他看了一下手表,又和我调侃:"学生们马上要下课了,他们都会来这里吃饭,您就准备好钱袋子等着数钞票吧!"

我笑了:"你别逗了,还数钞票呢,说不定一本都卖不出去。"不料我的话刚刚说完,一个戴眼镜的年轻人走近我们,站定看看地上的卖书广告,俯身拿起一本书,问我:"您自己的故事?"我点头。年轻人赞许地点点头,随即又伸手拿起四本书:"我买五本,回去推荐同学们看看。"付完书钱,他抱着书转身离去。这会儿杨子有话了:"我说大姐,怎么样,我的话灵验了吧?这刚一开张就是五本呀,照这样卖下去还得了?"随着晚饭时间的临近,餐厅楼前的人确实多了起来。

因为我是第一次亮相,再加上杨子在不停地向经过的人兜售着:"来看看啦,一本好书,这位大姐的亲身经历,故事感人,非常值得一读啊……"路经此地的人在我面前停下匆匆的脚步,看

心如皓月

着地上的广告,翻看着我的书。第一天在北京体育大学内卖书,虽然没有像杨子预料的那么红火,但是也卖出去了十几本,这对我来说也算得上是收益不错了。连续两天都是杨子陪我出入校园卖书,后来小戈的丈夫赵师傅每天按时接送我,这一卖就又是好一段时间。再后来,在校园卖书的效益开始每况愈下,就又有人给我指路去地铁站试试,还是赵师傅帮我拖着书定点接送。地铁站果然是人如潮水,南来北往之客脚步匆匆。我的书摊就摆在了地铁站附近,因为此处等候乘车的人很多。果然我的出现吸引了众人的目光,看见我的卖书广告,人们纷纷慷慨解囊,一本,两本……我清楚地记得,在这边我曾遇见过一位漂亮热情的女士,她曾多次买我的书,而且每次都是十本二十本。后来才知道,这位女士原来是一家公司的经理,了解了我的情况后她就告诉公司里的员工,动员大家伸出关爱之手,尽可能地买上一本我的书,帮助我渡过难关。每每想起这位漂亮的女经理,我的内心就充满了感激之情。

那是2013年的9月,身体多病而年迈的父亲又因病情加重躺在医院里抢救。我是从母亲的电话中得知这一消息的,然而我却无法去看他一眼。不是我不愿意去,也不是我不能去,而是父亲不愿见我。说来话长,20年前我的婚姻大事父母曾极力反对。之后我和家绪结婚,有了儿子壮壮,虽然母亲和我的关系缓和了,父女俩20年来却一直没再见过面。我的丈夫、父亲不承认的女婿李家绪都已经离开了人世,可父亲不知为什么就是不肯原谅他的女儿,连看我一眼都不想……没过多久,父亲因病辞世,我心里非常难过。

在父亲临终的时刻我都没能看他一眼,这成为我终生的遗憾。

时间过得很快,转眼到了2014年的7月,儿子就要完成4年的学业从北京联合大学毕业了。当看到儿子拿回大学毕业证书的时候,我的心情一语难表,有兴奋,有感叹,一本大学毕业证书盛载着儿子的希望,也圆了我的梦想。自从记事起,我就渴望着上学,渴望着和别人一样背着书包走进学校,但是无情的身体残缺却永远把我拒于学校门外。如今儿子代我实现了这个梦想,我的心情怎么能不兴奋?望着毕业证书,我觉得应该送给儿子一个大大的赞:他是个坚强的孩子,没有被生活的不幸所压倒。我也给了自己一个赞:在家绪走后,我没有因为家庭的重担和自己的身体状况而拖累儿子,而是支持他完成了学业。知道儿子已经毕业,有的朋友便好心关照,主动要给他介绍工作,可是儿子却坚信自己的实力,坚持不走关系,非要自己找工作。几天之后,儿子果然在专业对口的建筑单位给自己寻到了一份比较满意的工作。

儿子上班的第一天夜晚,我却失眠了,喜悦、兴奋以及泪水伴着深深的思念一起袭来。那一刻我想到了家绪,真想打个电话对他说:"你在那边过得怎么样?我知道你会过得很好,在那边你不会再有病痛,不再劳累,更不会有人间的烦恼。日子过得真快,匆匆忙忙,还记得吗?转眼间你已经离开我们母子一年多了,此时此刻,夜深人静,不知你有没有想我,有没有想我们的儿子?今天,就在此刻,我很想和你说说话。现在我可以告慰你的在天之灵了,我们的儿子壮壮已经顺利地大学毕业,找到了一份不错的工作,今天是第一天上班,我真的感到兴奋和欣慰,你呢?我想

心如皓月

也会和我有一样的心情吧?看见咱们儿子下班回家后愉悦的表情,听着他第一天上班的经历,我真的很欣慰。这一年多以来,自己所经受的种种波折,与你的诀别,所有的泪水和辛劳,似乎都在今天得到了回报。我的话你听见了吗?为什么不回答?求求你,和我说上一句话吧,哪怕只有一个字……"只可惜,天堂不能通电话,但是我相信,家绪在天有灵,一定会听得见我对他说的真心话。

儿子加入了匆匆忙忙的上班一族,一上班工作量就很大,加班到晚上九点十点是常事,而且还常常要去异地出差。刚工作不久,儿子就去烟台出差搞一个工程项目,他们单位是中航的下属分公司,专门承接机场内部设施的安装,那次就是去烟台机场帮助建设的。

儿子出差的日子一天天过去,掐指算一算,有一个多月了。走的时候他说一个来月就可以回来。可是有一天,他发短信告诉我,那边的工程没有弄完,回来的日期又推迟到11月至12月。这让我等待儿子的心凉了半截,俗话说"儿行千里母担忧",那一刻我是真真切切地感受到了。毕竟是儿子第一次离开我那么久,我每天脑子里装的全是孩子的身影,想着他在那边的起居、饮食、工作……天气就要转凉了,给他发短信时我叮嘱最多的就是要吃好,天冷了去买几件衣服,进出工地千万注意安全。儿子一时半会儿回不来,我自己这边冷清的日子还得继续。二十多年的日子过去,此刻又剩下我一个人了。每逢佳节倍思亲,值得庆幸的是还有可爱懂事的大花猫大抱抱相伴。两个多月之后工程完工,儿子终于回来了。爱好摄影的他还带回了自己拍的照片,都是工作之余拍摄的，照片中记下了他与同事的行程、工程现场、办公楼以及烟台的城市风光。他和我一起分享这一切，使我足不出户就能看到烟台这座美丽的滨海城市的风景。

2014年9月，雁子通知我去参加由西城区残联主办、生命阳光心理健康指导中心承办，在地坛举办的"凝望地坛，走近史铁生"行走式阅读活动，活动旨在让平面的文学"站立"起来，让历史文化名人鲜活起来，帮助和鼓励残疾朋友们走出书斋，走出家门，从自己的生活经验、内心需要出发积极读书。得到通知我真的兴奋至极。

9月15日这天秋高气爽，有陈哥的帮忙和一路陪伴，跟随着生命阳光心理健康指导中心曹雁主任和残疾朋友们，我走进了地坛，参加了此次活动。

◆ 春风做伴好读书，凝望地坛，实现了我的夙愿（前排右一是我，后排右一是陈哥）

 心如皓月

活动结束之后,生命阳光心理健康指导中心还举办了"心力量"行走式阅读活动征文,我的征文《春风做伴好读书,凝望地坛,实现了我的夙愿》荣获一等奖,还走上领奖台,接受曹雁主任及中心领导颁发的证书及奖品。我的征文全文如下:

春风做伴好读书,凝望地坛,实现了我的夙愿

"春风做伴好读书",多么亲切温馨的话语。我是一个重度的脑瘫患者,四肢皆残,寸步难行。不过我却有着一个健全的大脑,并且非常喜爱读书。从十几岁自学识字开始,我就与书结下了不解之缘。一眨眼的工夫几十年过去了,我读过的书一本又一本,想一想,算一算,几十年来我读过的书如果摞起来,比我自己高得多。

读的书再多,限于自身条件,也只能闷在家里死读书、读死书,难以走出家门去享受温暖的春风,更别说去观瞻书中所描述的风景,进而领悟作家创作时的心声。感谢生命阳光心理健康指导中心曹雁主任和残疾朋友们给了我一次难得的机会。

9月15日,难得的好天气,秋高气爽。这天我应邀参加西城区残联及生命阳光心理健康指导中心在地坛举办的"凝望地坛,走近史铁生"行走式阅读活动,感谢有陈哥的一路陪伴,不辞辛苦地推我上下公交车。经过将近两个小时的路程,陈哥推着我走进了地坛。

因为身体行动受限,已经年过五十的我还没有走进过

地坛。在这之前,我只能从电视里、电脑上了解地坛,一览它的概况。此外,我还不止一次地拜读过作家史铁生的名作《我与地坛》,从他的书中我也得知了一些地坛的渊源。地坛又称方泽坛,是古都北京五坛中的第二大坛。它始建于明嘉靖九年(1530年),是明清两朝帝王祭祀"皇地祇神"的地方,也是我们国家现存的最大的祭地之坛。有幸亲自走进地坛,我不由得从心底发出感叹:地坛,我来了,我终于可以亲身感受你的古朴与幽雅,感受你那精美的古代建筑了。

走进地坛,首先想到的就是史铁生和他的作品《我与地坛》,脑海中浮现出他那可亲而充满着自信的笑容,他那倚靠在轮椅里的病残身躯。史铁生,一位身残但是有着坚强毅力的作家,他在那些苦难的日子里,用整颗心去领悟生活,并将温暖和宽厚延续到作品之中,用残缺的身体写出了最为健全丰满的思想。他体验到的是生命的苦难,表达出来的却是明朗和欢乐。

当年的史铁生因双腿残疾,找工作无门,找不到任何出路,就在那个时候,他走进了地坛,就此与地坛结下了不解之缘,整整15年没有离开过它。那时地坛还是一座废弃的古园,他写了在园中的见闻以及所遇到的人和事,还有自己的所思所想。在地坛,他度过了一个又一个的春夏秋冬,他深刻地感受着每一个季节的特点,体会每一种人生的价值,而更多的还是抒发自己对于命运和生死问题

心如皓月

的感悟。在活动现场,《我与地坛》一书的责任编辑杨柳女士还同大家分享了和史铁生接触中的感悟,以及对《我与地坛》这本书的理解,深刻解读了史铁生作品中传达的友谊、母爱以及对生死的参悟。通过她的分享,我更加深刻地体悟了史铁生作品背后的精神和情怀。

活动的最后一项就是自行游览地坛,也是高潮时刻,难得走出家门的残疾朋友们兴奋的心情真是一语难表。大家说说笑笑,相互搀扶着,在这座古朴幽雅的园中畅游。陈哥也不顾一路的疲劳,推着我游览了皇祇室、宰牲亭、斋宫、神库等古建筑,而且每到一处都会举起相机给我留个影。用他的话说,我难得出游一趟,要留下难忘的回忆。活动一直持续到下午才结束,真有点意犹未尽的感觉。

残疾朋友们共同的感想就是:"心力量"行走式阅读的活动太好了!我们真的希望这项活动能够长期坚持下去!也希望多举办这类活动,让我们走出书斋,走出家门,走进快乐的集体,去分享蓝蓝的天,轻柔的风,去享受上苍赋予我们的那份温暖的阳光!

地坛活动过不多久,雁子又给我传来好消息,西城区残联及生命阳光中心将继续"心力量"行走式阅读活动,再次联手组织残疾朋友们"游大观园,品《红楼梦》"。9月22日,由生命阳光中心主任曹雁领队,带我们走进了向往已久的大观园。不是梦想,不是幻觉,我真的走进了红楼大观园。此次活动过后,中心照例举办了征文比赛,残疾朋友们踊跃参加。我的征文全文如下:

游大观园,品《红楼梦》,我终于走进了大观园

"凝望地坛,走近史铁生",带着对这位残疾人作家深深的敬仰与感佩,带着对地坛这座古朴幽雅建筑的依依惜别之情,我们走出了地坛。9月22日,又是令我和残疾朋友们难忘的一天,这天,西城区残联和北京市生命阳光心理健康指导中心再次帮助我们走出了家门,走进了向往已久的大观园,继续"心力量"行走式阅读活动。

◆ 2014年9月22日,我走进了大观园

此次活动的主题是"游大观园,品《红楼梦》"。活动现场,西城区残联负责人和生命阳光中心主任曹雁做了热情洋溢的讲话。一阵热烈的掌声之后,张霜林先生为残疾

心如皓月

朋友们做了精彩的讲座。张先生绘声绘色、深入浅出地为大家讲述了《红楼梦》的历史背景，曹雪芹的身世，围绕《红楼梦》的学术之争以及《红楼梦》和大观园的关系等等。他的演讲博得了大家的一致喝彩。残疾朋友们听得津津有味，赞不绝口，掌声四起。张先生的精彩演讲结束后，残疾朋友们还参与了"红楼人物谜语竞猜活动"，在一片浓浓的欢乐氛围中，抒发着对《红楼梦》的热爱。

到了残疾朋友们期待的最后一个环节，那就是畅游大观园了，终于可以亲身去感受大观园里面的建筑艺术和历史文化了。那天游大观园活动依旧是陈哥一路陪伴着我。说到陈哥，我心里对他有着无法表达的感激，近来我的多次活动出行都是靠他的帮助，他推着我上下公交、乘坐地铁。在大观园里，有的地方无障碍设施还不够完善，陈哥总是不辞辛苦地推着我在园中游览观光，每一个景点都不放过。轮椅实在不好通过的地方、有台阶的地方，陈哥也会想办法推我到跟前走一走、看一看。陈哥还是一位不错的摄影师，每到一个景点都要举起相机，给我留下一段难得的记忆。

不是梦想，不是幻觉，我真的走进了红楼大观园，饱览这座文化胜地壮美迷人的景色。里面的山石错落有序，清澈的瀑布，水流飞泻而下，虽然它没有像庐山瀑布那样高达百尺，但是也很壮观、很动听。红楼梦的故事让人迷恋，我真想踏遍园内的每一处亭台楼阁。走进了大观园，大家的第一个念头就是去潇湘馆，潇湘馆是林黛玉住的地方，门前种着大片大片的斑竹，翠绿欲滴，在一片笑声中我们进了美丽的潇湘馆。看着那一座座优雅的建筑，不禁联想到贾府在衰败之前，是何等的荣华富贵，那该是一番何等耀眼的场景。我们在竹园中游览一番，这是我第一次游览潇湘馆，真有点恋恋不舍。

走出了林黛玉的潇湘馆，陈哥又推着我进了贾宝玉的住处——怡红院。一进去，我脑海中立即闪现出贾宝玉的模样。贾宝玉天生就是一副玩世不恭的样子，唯独碰上他老爸怕得要死。怡红院修建得落落大方、富丽堂皇，确实让人羡慕不已，让人无话可说。里面还有一间绛云轩，或许就是为了表达对林黛玉的喜爱之情。再看看薛宝钗的住处，比林黛玉的住处更美，更加富丽堂皇。薛宝钗住的蘅芜院之中，有山有水，令人目不暇接。我们还去了大观楼，大观楼是《红楼梦》中贾元春做了皇帝的妃子后回家省亲时贾府特意建造的。大观楼异常奢华，楼前立着四座铜雕，分别是两座凤凰、两座麒麟。大观楼有三层，后面还有座大殿，令人感慨。

再看看厅堂正中的人物塑像，个个生动逼真，他们的衣衫色彩鲜艳，显得雍容华贵，有的含羞带笑，肤白粉嫩，活灵活现。园内鲜花耀眼夺目，高大的树木一棵连着一棵。杨柳在湖边垂下，风轻轻地吹动，柳条慢悠悠地舞动着。小石径绵延向远方。此刻我的脑海中出现了一个凄

心如皓月

凉而美丽的身影,那是黛玉葬花的身影。她那辛酸的泪水仿佛重锤一般,滴滴都在敲打着我的心。

此次在大观园里实地游览,让我仿佛真的进到了曹雪芹笔下的大观园,聆听了凄美的爱情故事。这次的大观园之旅使我受益匪浅。

那段时间我真的很忙碌,每天要继续写作,要完成中心的那份资料整理工作,闲下来时还要去卖书,再安排一下我们娘儿俩每日的生活,去超市买买菜。忙是忙了点,但是生活很充实,也渐渐地冲淡了我内心因失去亲人而生的伤痛,同时也感受到一个人的日子不再那么孤寂难熬。每日虽忙忙碌碌,但我并没有忘记我的那几位共患难的姐妹。那天我放下手头上的事,去玲姐家串了个门。叫开房门走进去,不觉眼前一亮,只见她的家已经装饰一新,亮堂堂的,室内收拾得也很整洁,脚下铺上了洁净光滑的地板砖,给人的感觉挺舒服的。在客厅的墙上还挂着玲姐和她老公的大作,上面有梅、兰、竹、菊。真的很喜欢他们的画作。欣赏着他们的画作,我好似走进了一座美丽的艺术宫殿。

我去的时候只有玲姐自己在家,她的儿子去上班了。她正开着电动轮椅在房内收拾家务,见我去了,她连忙放下手里的事,又是沏茶又是洗水果。我细心地观察她,显然,她的精神状态要比前些时候好一些,看上去脸色好了许多,不再那么憔悴如霜打一般。她的话也明显地多起来,话音还是银铃般悦耳。她告诉我,房子是儿童福利院出钱雇人给她装修的,这是她三番五次和儿童福利院商谈的成果。因为先前她住的那两间儿童福利院的房子已经破烂不堪，屋内四壁的墙皮已经破裂，翘了起来，稍微不小心一碰就会哗啦啦地掉下来，不夸张地说，有时候吃饭时屋顶上的墙皮都会掉进饭碗里。再有就是房子的地势低，每逢雨季麻烦也就来了，只要外面一下雨，屋里就成了河，积水泡坏了家具。接下来便需要她先生和孩子脸盆水桶一起上，往外舀水。后来为了防止雨水往屋里灌，每逢雨天，她先生只好用沙袋子堵在屋门前。

  命运不幸，雪上加霜，她先生因突发心衰过世，抛下玲姐自己和孩子，孩子则每天忙于工作。她无力抵御危旧房屋的和雨水的袭击，便硬着头皮多次去和儿童福利院的领导商谈。是的，人心都是肉长的，谁没有同情心呢？院领导终于点头了，这才帮玲姐把家装修得焕然一新，再不用因房屋危旧而心神不宁。听着玲姐慢条斯理的讲述，我细细地打量着她，还不到一年，她就老了，她真的老了，额头眼角下巴已经满是皱纹，像利刃刻下的一般，花白的头发也已经覆盖了她的头顶。我的鼻子忍不住一酸，强忍住眼里的泪水，心里感叹着："共过患难的姐妹，命运的遭遇竟是如此的相近……"玲姐七岁时因意外受伤致残住进救济院，而我因姥姥家遭劫住进福利院，相同的命运使得我们不是姐妹胜似姐妹。我们没有听从于命运的摆布，从未停止过与病痛抗争。后来她结婚了，有了爱人和儿子。我也有了自己的小家，生子做了母亲。可是厄运并没有放过我们，我丈夫因病而撒手人寰，永远地离开了我。就在我丈夫过世一年之后，玲姐的丈夫立阳大哥也永远地离开了她。

坚强的姐妹们,又一次挺过人生的灾难

◆ 和病友们在一起

那个令玲姐悲痛欲绝的时刻,就发生在她58岁生日当天。那是2014年的3月15日。清晨,她的丈夫贾立阳大哥刚刚睁开双眼,就暗暗地盘算:"今天是玲子的生日,我要好好地为她庆祝一下,送个大礼物给她,再做上一桌她最喜欢吃的最丰盛的菜……"玲子,多么温和亲切的称呼,结婚二十多年了,贾大哥一直这样叫着自己深爱的妻子。心里盘算着,他就早早地起了床,匆匆忙忙洗漱之后,没有顾上吃一口早饭,每天早晨要服的控制心脏病的

药自然也忘到了脑后,蹬上车子就去了市场,回来时手里拎着大包小包,都是玲姐爱吃的东西。放下手里的东西,贾大哥没有坐下来歇息片刻,撸起袖子就开始忙活,鸡、鸭、鱼收拾得干干净净,香喷喷的菜肴烧了一道又一道,眼看着热气腾腾、散发着诱人香气的菜肴摆满了饭桌,只差最后一道菜了,锅里的油也热了,葱花刚扔进去,贾大哥突然感到一阵心口痛,手捂住胸口,难以忍受。

玲姐见此,立即手摇着轮椅上前接过贾大哥手里的菜铲,让他先坐下来休息一下。他还不肯,因为还有最后一道菜没有做完。玲姐硬让他坐下来,接着又急忙去拿药。这时她才想起来,因忙着为她过生日,贾大哥早晨起来还没有吃过药。找好药放在桌子上,玲姐又转身去倒水。可是当玲姐一手端着水杯,另一只手摇着轮椅回转身的那一瞬间,她惊呆了,眼前的情景把她吓傻了。

只见椅子上的贾大哥身子倾斜,向旁边倒去,如果没有身旁的饭桌挡住,整个人就会倒在地上。他的脑袋耷拉着,嘴里吐着白沫,双手也已经耷拉下来。"哗啦"一声,玲姐手里的水杯掉在了地上,她不顾一切地扑上去摇晃着贾大哥:"立阳,立阳,你怎么了?你这是怎么了?你睁眼,你睁眼,你可别这么吓唬我啊……"可是任凭玲姐怎样呼唤,贾大哥已经不能回应。玲姐连声叫醒睡在里屋的儿子。得知了爸爸的情况,玲姐的儿子忙从热被窝里爬起来,连鞋都没顾上穿。他扶正爸爸的身体,匆忙拿起药和水想给爸爸喂药,可是此时贾大哥的牙关咬得死死的,用手都掰不开了。玲姐深知此时贾大哥情况危急,她立即让儿子拨打

心如皓月

了999。时隔不久，999急救车呼啸而来。医生们准备对贾大哥进行急救，可是经过检查，他的心脏已经停止了跳动。医生们不得不向玲姐母子宣告，贾大哥已经过世了。

贾大哥走了，他走得那么匆忙，居然是在玲姐的生日当天。他没有留下一句话，还没来得及举起酒杯向爱妻道上一句："玲子，生日快乐！"更没来得及送上一个深深的吻。医生的话犹如晴天霹雳，玲姐似乎一下子失去了理智，她发疯一般对着来抢救的医生们哭喊："不！立阳他不会死，他绝不会死，他不会扔下我一个人自己先走的，不会的……"玲姐的双手紧紧地抓住医生的手，连连哀求："求求你们救救他吧，他没有死，他不会死啊。你们一定是弄错了，我求求你们了，你们能救他，一定能救他……"无论玲姐怎样痛哭，怎样和医生们哀求，都无法改变最残酷的现实：贾大哥永远地离开了她和他们的儿子。

玲姐悲痛欲绝，那一刻她彻底崩溃了，心也被撕得粉碎。她一下子扑向贾大哥的遗体，紧紧地抓住他的双手号啕大哭："立阳，你睁眼，我只要你睁开眼睛看看我，我知道你不会离开我。立阳，你不会死，你说过的，要陪伴我到永远，今生今世，为什么说话不算话？扔下我一个人走了，你说话，你说话啊，难道你再看上我一眼都不愿意了吗？立阳，求求你回来吧，别离开我……"然而贾大哥真的走了，永远离开了他的爱妻。当医生准备抬走贾大哥的遗体时，玲姐再次失声痛哭，并哀求着："求求你们，不能带走他，我不能让他自己一个人躺到冰冷的太平间去，求求你们了，让我最后再陪陪他吧……"

玲姐的姐姐、兄嫂闻讯都赶了过来，一大家子人帮着她给贾大哥料理后事。远在南京镇江的贾大哥的姐姐和弟弟也连夜乘飞机赶到北京。来到家中看到已过世的亲人，大家都悲痛万分。贾大哥是家中长子，二十多年前不顾父母及亲友们的极力反对和阻挠，毅然决然地北上，和自己所爱的人结为伴侣。考虑到家中老母亲已经年过八旬，而且患有高血压、糖尿病，所以贾大哥的过世，家人瞒住了老太太，生怕她知道大儿子过世的噩耗会挺不住。可怜的老妈妈，直至今日也不知道长子已经先自己而去了。到了火化贾大哥的日子，玲姐痛哭着一定要去殡仪馆。可是家人考虑到那个生死离别的悲惨场面她一定受不了，就好言劝说她别去，最后决定由姐姐陪她留在家里，儿子和其他的亲友护送着贾大哥的遗体到殡仪馆火化。

眼见着贾大哥的尸体就要被抬进灵车，玲姐再次痛哭着扑倒在贾大哥的身上："你不能走！立阳，你不能这样狠心，你真的要扔下我自己走吗？你要是真的要走，那我就和你一块儿走……立阳，立阳，你说句话，你再和我说句话啊！"那凄惨的哭声让周围的人闻之无不伤心落泪。玲姐的儿子强忍住眼中的泪水，扶起已经哭成个泪人的妈妈："妈，您不能这样啊，现在爸爸已经走了，您难道不想想我吗？您要是再怎么样那我可怎么办？我爸走了，我不能再没有您啊！"母子二人抱头痛哭了好一阵。考虑到她家庭的经济状况，孩子的叔叔出资为贾大哥在西北旺公墓购买了墓地。

安葬了贾大哥，玲姐感到她的爱、幸福、欢乐和整个生活，

心如皓月

似乎都随着爱人一起被埋葬了。那一刻她发誓,今生今世再不过生日,因为她的生日已变成了爱人的祭日。家中的顶梁柱塌了,玲姐整个人都变了,万念俱灰。其实在贾大哥离世的几个月之前,玲姐刚经历了老母亲辞世的伤痛,现在自己最爱的人又离她而去,仿佛带走了她的心,她的生活,她的欢乐,她所有的一切,甚至带走了她继续生活的勇气和信心……从贾大哥的墓地回来后,玲姐每日以泪洗面,关紧家门不想再出去,不想见人,尤其不想再见到熟人,就怕人家问起爱人离世的事。屋漏又逢连夜雨,贾大哥刚过世没几天,玲姐还沉浸在万分悲痛中,不料烦恼接踵而至:和我当时的情况如出一辙,那就是丈夫不在了,生活不能自理的她也无法再继续生活在家中,只能去养老院。

首先是儿童福利院的负责人找到玲姐,说服她去养老院,理由是她爱人去世,她不能生活自理,再待在家中没有人照顾她;孩子要外出上班,院方也是为她的安全和生存而担忧。儿童福利院负责人还承诺给她选一家条件较好的养老院,就是她家旁边的社会福利院,不用考虑费用的事,儿童福利院会给她出。她的家人也劝说她去养老院,说她待在家里没有人伺候,还会耽误了孩子。无论是儿童福利院的负责人还是家人如何劝说,玲姐的态度始终是坚决的:养老院她绝对不去。

接下来的日子里,儿童福利院负责人多次找玲姐商谈,都被她拒绝了,虽然负责人有言,这是为了她能够更好地生活。然而此事却搅得玲姐每日不得安宁,到最后她只得和负责人下了最后通牒,去养老院的事免谈。负责人见玲姐的态度如此坚定,也就很少提了。在生活方面，院方还是继续给她一定的关照，她幼年时被部队打靶流弹误伤致残，后来的生活就由民政部门承担起来，在她结婚之后由儿童福利院每个月发一部分生活补贴，还给了两间临时居住的房子。

失去亲人是万分悲痛的，这是谁都无法改变的最痛心的现实，只有坚强，发自内心的坚强，只有这样的力量才能让自己在不幸中重新站起来，勇敢地面对生活一轮又一轮的打击，给自己走出一条新的希望之路。无论发生怎样的事，生活都是要继续的。一天天过去，随着时间的流逝，玲姐内心的伤痛被一点一点抚平。坚强的玲姐，勇敢地挺了过来，把不幸与伤痛还有泪水都踩在了脚下，继续生活。

贾大哥在世时不仅承担了一切家务，还把玲姐照顾得舒舒服服。那时玲姐真是衣来伸手饭来张口，样样都不用自己操心费力。贾大哥专拣她爱吃的饭食做，饭做好了端到她嘴边。她想吃水果了，贾大哥就把水果削得干干净净放在盘中，端到她的手里。夜里想喝水，贾大哥会立即披衣下床送杯水给她。每逢玲姐有点头疼脑热，贾大哥就急得团团转，四处给她求医问药，真的比自己有了病还着急。在失去贾大哥的日子里，玲姐摇着电动轮椅自己做起了家务。拖地、扫地时，她一只手操作着电动轮椅的控制器，另一只手挥舞着扫把拖把在两间房里转悠。洗衣、做饭外加上街买菜，因为身体不便，做起这些事来要耗费更长时间，但她没有退缩，没有气馁，每日坚持着，轻易不因家中琐事用电话召回儿子，尽力让孩子去忙自己的事。眼下已年过六旬的玲姐每日坚持

心如皓月

料理自己的生活，收拾家务。闲暇之余她还完成了十几万字的自传体小说《笔墨奇缘》。书中记载着她的欢笑，记载着她的幸福，记载着她与贾大哥奇特而浪漫的爱情故事，记载着她悲伤和凄楚的泪水，记载着人世间的悲欢离合。她祈盼着这部自己呕心沥血、用泪水写成的书能够早日问世，以告慰爱人的在天之灵！

讲完玲姐令人落泪的故事，接下来我想说一说安姐，她也是我的一位共过患难的残疾姐妹，在我的自传体小说《生如残月》中也讲过她的故事。

挑选了一个无风无雨的日子，我撂下手头上的事，和方芳一起，一路有说有笑地直奔安姐的家。每次去安姐家都由方芳陪着，她的身体在我们几个残疾姐妹中算是最好的。她人又勤快，别看双下肢行动不便，但是双手做起事情来又快又麻利。每次到安姐家，方芳都是袖子一撸就开始忙活，擦桌子，扫地，刷锅，洗碗，好一阵转悠，之后再亮出她的最佳厨艺，烧上几道姐妹们爱吃的菜肴。方芳陪着我去看安姐还有一项使命，那就是给我们充当翻译。当年因患脑炎，安姐落下了耳聋的后遗症，一般的说话声音听不见，和她说话要提高嗓门，恰恰我说话又没有力气，她听不见。方芳的嗓门高，声音悦耳又清晰，因此就做起了我们俩的翻译。从电话里得知我们要去看望她，安姐高兴得半宿没有合眼，天还没亮就起了床，先是穿戴齐整，再到镜子前特意把自己装扮一番。之后她又吩咐现在的男友把屋里屋外收拾收拾，一切忙完之后，她便开着电动轮椅去了附近的市场。用她的话说，姐妹们难得欢聚一堂，要给我们做一顿丰盛的午餐。

我用下巴控制着电动轮椅，自认为可以轻松惬意地到达安姐家。别看我的双手不行，操作不了控制器，但我还是不愿开慢车，在路上慢慢磨蹭我受不了，着急，所以一上路就想开快车。与我同行的方芳却为我提心吊胆，为我捏着把汗，在一旁不停地提醒着我："我的姐啊，慢点，慢点，我说你一个劲儿地跑什么？看车，靠边，靠边！"她嘴里说着，驾驶的残疾人专用摩托一直在我的左侧行驶，时时在护卫着我的安全。我们耗费近两个小时，终于进了安姐的家。去采购的安姐还没回来，一把锁头把我们拦在门外，也好，正好坐下来歇息片刻。方芳转身从后座解下自己带来的轮椅，动作麻利地帮我转移到轮椅上。我们坐在小院中等着安姐回来。趁着这时有空，我们俩左顾右盼地打量起安姐的小院来，不大的小院已是旧貌换新颜，不见了以前的荒凉脏乱，窗前和墙角处都种上了花花草草，墙头和屋顶上也爬满了爬山虎，坐在小院中，阵阵花香让人感到愉悦。

观赏着小院的景致，方芳不由得有感而发："嘿！你还别说，咱们的姐姐还真行啊，现在不但有人爱，就连这小院都给装扮得漂漂亮亮，这花花草草看着就让人舒服……"方芳口中的"有人爱"，说的是安姐现在交了男朋友。我俩正说着，安姐开着电动轮椅回到了小院，只见她轮椅两侧的车把上，大包小包挂得满满当当。方芳立即坐着轮椅迎了上去："哎呀，我说姐姐啊，你这是干吗？要把超市搬回家来吗？"说着她便动手帮助安姐卸货，只见安姐买回来的有鸡鸭鱼肉、主食、蔬菜等等。方芳接过安姐递来的钥匙，把东西一样一样连拖带拽地拿进屋里，随后我们都进了

屋。安姐有段时间没有见到我们，兴奋得不得了，嘴里不停地说："你们可来了，都快想死我了，终于把你们给盼来了，谢谢主！"原来安姐是一位非常虔诚的基督徒，嘴里总是离不开主。在她看来，一切快乐事情都应该归功于耶稣，都是他赐福给她的。

稍停片刻，安姐看着我们俩又说："知道吗？一知道你们今天要来，我高兴得昨晚半宿没有睡着。盼啊，盼，好不容易熬到了天亮，爬起来洗完脸就去了市场采购。看看，买的都是你们爱吃的东西。"她兴奋地说着，稍停片刻又说，"今天好不容易把你们给盼来了，晚上都别回去了，你们就住在我这儿，咱们姐妹几个好好说说话。"方芳伶牙俐齿，立即打断了安姐："有他在，我们住下来算干吗的？你让我们往哪儿住？"安姐笑着说："把他轰出去，把他轰出去！"也许是耳背的缘故，她说话时总喜欢重复。方芳抢过话头："那怎么成，我们谁也代替不了他啊。"说完她看看我神秘地笑了。方芳的话安姐听得见，见我们俩都在神秘地笑，就顺手在方芳肩上拍了一下："好啊，又在拿我取笑，你这坏丫头！"

见面后嬉闹一阵，我们暂时坐定，我和方芳的目光不约而同打量着安姐，只见她没胖也没瘦，皮肤依旧白皙，富有光泽，双颊还有微微泛起的红晕，脸上也不见有更多新的皱纹出现。我想，这应该是爱赋予女人的赠礼吧，有了爱，女人方能展现出靓丽与生命的活力。从神情上看，她的生活似乎还说得过去，这让我们感到了有些欣慰。随后我们又问到她腿上的伤，安姐拉起裤腿："还是老样子，我这腿不是一天半天的事了，要想彻底治好是不可能的了。还好现在有他,每天给我换换药,清理一下伤口。"安姐口中的"他"自然是她现任的男友。提到这位先生,我和方芳的话题又来了,当然最想知道的就是他俩的感情到底怎么样,他是否真的愿意担当起照顾安姐的责任,是否真的愿意与安姐携手共同走完后半生。

听我们问到她男朋友,刚刚还是满心喜悦、有说有笑的安姐,一时没了话,脸上的一丝愁云覆盖了刚才的欢笑。她没有立即回答我们的问题,只是看着我们,发出一声深深的叹息。不必再细问,这一声深深的叹息已经告诉我们想知道的一切,一声深深的叹息诉说着安姐无限的愁苦,更有着她深深的思念和太多太多的无奈。说来话长,安姐独身生活其实已经十年有余。原本她也有一个三口之家,她的老公于大哥能说会道,操持家务,里里外外忙活,也算得上是一把好手,还有一个聪明伶俐的女儿。时光要倒回到十年前,提起爱人,安姐不由得泪眼汪汪。多少个不眠之夜,流不尽思念的泪水,多少次安姐眼望着黑漆漆的窗外呼喊着:"老公啊,老公,你在哪里呀?为什么你不回来,也不跟我联系呢?你回答我,你知道吗?我们娘儿俩都想你,在家等你。快回来,好吗?你回答我啊!"

那是十年前,女儿正在读小学五年级的时候,安姐忽然觉得老公的精神状态有些异常,以往头脑清楚、有着很好记忆力的于大哥不知怎么了,变得什么事情都记不住了,拿起这个忘了那个,做起事来丢三落四,脾气也越变越坏,动不动为了一点不起眼的小事吹胡子瞪眼睛,冲着安姐大吼大叫,摔东西,打孩子。安姐

心如皓月

在我们几个姐妹中算脾气最好的,她待人一向和颜悦色,说话也是轻声细语的,从不动怒。面对自己老公的大吵大闹,她更是忍了又忍,只是她不明白老公为什么会有如此异常的表现。后来她从别人口中得知,老公很可能是轻度的酒精中毒。

是的,我们的这位于大哥别的样样都还说得过去,就是有个嗜好,每天要喝上二两小酒。他们刚结婚那阵子他的酒量还不大,可是时间一长,酒量也跟着大起来,起初吃饭时喝上二两,还得摆上两样下酒菜。慢慢地,不吃饭的时候他也喝了起来,下酒菜也不要了,连酒杯都不用了,什么时候想喝了,抓起酒瓶子对着嘴巴就咕嘟咕嘟狂饮。安姐听说老公很可能是酒精中毒,就开始对他的饮酒加以控制。她把家里所有的酒全部倒掉,酒瓶子统统扔进垃圾箱,再把老公衣兜里的钱全都没收,为的是不让他去买酒,更不允许他再饮酒。安姐的这一举动完全出自一个妻子对丈夫的爱护,她一心要保全丈夫的健康,保全他们这个来之不易的三口之家。可是为时已晚,可怕的酒精已经牢牢地控制了于大哥,不仅控制了他整个人,更可怕的是还让他失去了清醒的头脑。没有了酒精,他的全部精神都垮了,每日骂人打人。安姐再和他说什么,他已经听不进去了,那时他的嘴里只有这几句话:"酒呢?我的酒呢?我要喝酒!我要喝酒!"

看着暴怒的丈夫,安姐急得满脸是泪,她依然和颜悦色地叫着丈夫的名字恳求:"我求求你了,为了你的身体,也为了我和咱们的女儿,戒酒吧,别再喝了,答应我吧……"可是精神失控的于大哥哪里还听得进去妻子的良言,他对待安姐只有打和骂,家里的碗盘统统被他砸光了，门窗的玻璃也让他砸烂了。一次在暴怒中，安姐被他推倒，摔断了肋骨。面对着精神已经垮了的丈夫，安姐的身心也面临着崩溃。感谢上苍，他们还有一个可爱又懂事的女儿，在爸爸发病的时候她仅仅十岁，别看年龄小，却有超出了同龄孩子的成熟，异常乖巧，每日她早起晚睡，细心地照顾着残疾的妈妈和精神已经错乱的爸爸，按时扶着爸爸服药。因为安姐腿上有着长年难以愈合的伤口，于大哥精神失控之前都是他每天按时换药、清洗创面，之后这个活儿就落到了女儿的身上。在妈妈的指导下，没有几天的工夫，她就可以熟练地换药、清洗伤口了，此外还要买菜、做饭、料理家务，很显然，她已经变成了一个大人，每天还要按时去学校上学，每晚写作业到深夜。

这不幸的一家三口，犹如乘着一艘被疾风骤雨折断了桅杆的船，摇摇晃晃地漂泊在茫茫大海上。谁料有一天，安姐母女俩出去买菜，临出门时安顿好了糊里糊涂的于大哥，并且一再叮嘱他好好地待在屋里，不要到处乱跑。出去仅一个多小时，当她们匆匆赶回家时，屋门大敞，已是人去楼空，于大哥不见了！一时间安姐急坏了，她预料到事情的严重性，立即摇着轮椅带上女儿去寻找于大哥。因为她的房子属于她工作的原单位，厂区和职工住宅区在一起，占地面积相当大，想要在这里找出一个人来也是相当困难的。安姐找遍了每个角落，问遍了每一个邻居和同事是否见到过于大哥，没有得到一丝线索。

焦急万分的安姐又去厂区外面寻找，他们那边位于西北旺，远离闹市，路上荒凉而冷清，道路两侧都是半人高的荒草地。安

心如皓月

姐琢磨着丈夫可能是到外面去找她们娘儿俩，迷了路又不认得家了，走累了就睡在草丛里了。她就沿着道路两侧走着，嘴里不停地呼喊丈夫的名字，喉咙喊哑了，还是没有得到回应。她又去街上的小吃店、小酒馆找寻，心里猜测丈夫一定是在哪儿喝着酒。可是找了一家又一家，询问了一个又一个路人，没有打听到丈夫一点点的踪迹。安姐又打电话到丈夫在承德的老家，询问他是否自己回家了，得到的答复还是没有。迷迷瞪瞪、疯疯癫癫的于大哥真的不见了，活不见人死不见尸，人间蒸发。接下来的一段时间，安姐每天的事就是去寻找丈夫，凡是她的轮椅能去的地方，只要她能进得去的小吃店、小酒馆她都不会放过。在寻夫的路上她就这样过了一天又一天，思念的泪水与她相伴了多少个难眠之夜，春夏秋冬，一年又一年地过去了。亲朋好友都劝她去公安部门报案，请求警方协助寻找丈夫，可是安姐始终没有去。她知道，如果在派出所备案，两年找不到人就会定性为死亡。多么可怕的两个字，不，不！安姐无论如何也不能接受。她坚信丈夫在哪个角落里活着，他不会死，一定不会死。她要等待，总有一天丈夫会回家！

　　时间无情地飞逝着，转眼十年过去了，于大哥至今生死未卜，没有任何音讯，安姐对丈夫的找寻却没有停止过一天，还时时刻刻等待着那个奇迹发生：房门被推开了，丈夫毫发未伤，活生生地出现在她的面前。整整十年了，在失去于大哥的日子里，母女二人相依为命。女儿在家境十分困难的背景下坚持着读完了小学、初中及职校，现在已经完成学业，进医院做了一名护士。

于大哥失踪十年来没有任何的踪迹，而一位倾慕安姐已很久的男士敲开了她家的房门，他就是××先生，曾在安姐单位做过保安。他的态度很明朗：他喜欢安姐已经很久了，也等了很久，他希望与安姐结合，承担起照料她的责任，和她携手走完后半生的时光。

说真的，丈夫已经不见十年了，在这十年里安姐不知忍住了多少眼泪、多少寂寞。之前孩子没工作的时候，放学回家之后还能做做饭、照顾照顾她，在她面前转来转去，让她感到些许温暖快乐。之后女儿有了工作，这样的场面就越来越少了。护士不同于其他的工作，女儿常常需要在医院值班，尤其是值夜班，很少能在家里陪着妈妈说笑了。漫漫长夜，安姐的身边太需要有个人陪伴了。面对××先生的诚意，安姐仍割舍不下对于大哥的那份炽热的爱，她依然在等他回来，等待着那宽厚而温暖的怀抱，所以她无法答应××先生一次次真诚的请求。但无论怎样，××先生对于安姐的那份情义都是始终如一的。他白天忙于自己的工作，每晚下班之后就赶到安姐家里给她买菜做饭，收拾家务，还做起了家庭护士，每天按时替她换药，清洗腿上的伤口。这就是后来发生在安姐身上的故事，那么凄楚，让人伤心落泪。作为好姐妹，我诚心地期待着幸福与快乐会降临于她，期待有奇迹的发生，让她看到最绚丽、最迷人的夕阳红。

坚强的我，背后喜忧参半

时间过得很快，脚步匆匆，即将迈进2014年，眼看就要到新年了，过了新年就是家绪的祭日，1月8号。两天前我和儿子商定一起去昌平殡仪馆看看家绪，儿子满口答应。接下来要考虑的事就是怎么去。以往我出趟门都是个问题，因为打车对于残疾人来说是件极不容易的事，坐在路边，连连举手招呼着出租车，车子一辆一辆地从身边驶过，的哥从车窗里望一眼，停也不停地便离去了，偶尔运气好，才能碰上位热心的司机肯停下来。那天赶上周末，我和儿子早早起了床，一切收拾停当，吃了早饭儿子就推着我去路边打车，结果运气不佳，或许是遇上了早高峰，我们娘儿俩在路边叫了近一个小时的出租，都没有车停下来。

儿子气坏了，推起我就回到了家里。当天晚上他去附近的租车公司租了辆车回来。当时儿子已经拿到了驾驶证，本以为打车会比租车便宜一些,不料打车过程如此艰难。第二天一大早,儿子帮我坐进了车子,出了小区就直奔昌平殡仪馆。路程不近,开车少说也得一个半小时。也是早高峰时段,路上很是拥挤,儿子开着车走走停停。说起来儿子是个很冷静、很细心的孩子,他不慌不忙地握着手中的方向盘,目光注视前方,也关注着路上来往的其他车辆,一点也不敢懈怠。车子渐渐地驶离了闹市区,路上的车明显减少了,这时儿子才放心大胆地提速。眼看着昌平殡仪馆没多远了,我的心情沉重起来,忍不住泪水模糊了双眼。相依相伴一起走过二十余载时光,如今却是阴阳两隔……家绪,今天我和儿子来看你了。

　　车子驶进了昌平殡仪馆的大门,瞬间进入了一个悲哀的世界。眼前身着重孝、怀抱亲人遗像、手捧骨灰盒的人们在缓缓前行,耳边听到的是那低沉使人心碎的哀乐。找到了停车位,儿子抱我下车坐到轮椅上,推着我去管理处拿了家绪骨灰柜的钥匙。随后我们娘儿俩走进了骨灰堂,偌大的骨灰堂内静悄悄的,有根针掉在地上都听得见,或许是这份过度的宁静增添了阴森森的感觉。我们走进去的那一刻,骨灰堂里没有一个人,当时的我没有惧怕,没有恐慌,有的只是对家绪的思念。

　　儿子的表现格外镇静,他用钥匙打开骨灰柜,抱出爸爸的骨灰盒,放在了我面前的桌子上,接着他轻轻地揭开骨灰盒上覆盖着的黄色丝绒布,抖去上面的灰尘,又从背包内取出早已准备好的毛巾,把骨灰盒擦了好一阵,尤其是骨灰盒上爸爸的头像,擦了一遍又一遍。看着儿子,我的泪水流了下来:"家绪,知道吗?

心如皓月

儿子来给你尽孝了!"我在心里默念着,"家绪,再委屈你一段时间,我一定会给你安个永久的家,让你入土为安……再苦再难我也要实现这一夙愿。"

我平时坚强乐观,脸上总是挂满微笑,这是所有接触过我的人给出的评价。是的,我承认自己坚强,勇于面对命运的不幸与生活中的困苦。我微笑,人们常常会看到一个笑容满面的我,我不会把忧愁和泪水带给别人,只会将它们深深埋藏于自己的心底。其实在我微笑的背后,不知隐藏着多少无奈、忧愁、烦恼与声声叹息。相伴二十余载的丈夫撒手人寰,永远地离我而去,在亲朋好友的关怀下,我内心深处那苍白的伤口在慢慢抚平,同时最大的安慰就是儿子大学毕业了,有了工作。

紧接着又有一件让我高兴的事,瑞士老朋友凯瑟琳,也就是肖小姐,到北京出席 APEC 会议。趁着会议的间歇,她再次来到家里看望我。再看见老朋友,我忍不住内心的兴奋与喜悦。肖小姐的身体依然是那么的健康,充满着活力。她几乎每年都要来我家看望我。在这初冬来临的时刻,我又一次听到了她那爽朗的笑声和亲切的话语。将近三十年的友情,她时时刻刻在惦念着我,牵挂着我的生活和身体状况,她对我和我们一家人的帮助和关爱,我感激不尽。此次陪同她来的还是茅阿姨(茅以升先生的女儿茅于燕教授),她已经88岁高龄,身体依旧那样健康,谈笑声还是那么的爽朗,只是有点耳背,不过英语讲得还是那样流利动听。此次还有幸见到了茅阿姨的老伴,同样是80高龄的耄耋老人,同样精神矍铄,是一位心地善良、言语温和的人。此次玲姐在我家

坚强的我，背后喜忧参半

◆ 我的瑞士老朋友凯瑟琳2014年到北京参加APEC会议，顺便来我家看我，右二为茅以升之女茅于燕教授，右一是玲姐

心如皓月

也见到了肖小姐,和我一样,她和肖小姐也是多年的老朋友了。不过她们已经很久没有见过面,此次重逢,彼此都有着说不尽的话。为了表达重逢的喜悦,玲姐向肖小姐和茅阿姨赠送了自己的画作。肖小姐非常高兴,连连赞誉玲姐画意的高超。同肖小姐依依惜别,临走前她连连对我说,要好好地生活,要等着她,她会争取每年都来中国看望我。

紧接着又是一个令我振奋的好消息,一天我接到华夏出版社负责人的电话,说我的新作小说《残花亦俏》已经决定出版,并和我要几张照片作为书中的插图。在接到电话的那一瞬间,我真有点不敢相信自己的耳朵,这会是真的吗?自传体小说《生如残月》出版之后,我从未放下过口中的笔,并且先后创作出三部小说,祈盼着作品能再次出书。现在华夏出版社又一次为我圆梦了。电话里那热情肯定的话语让我接受了这个确切无疑的消息。负责人说我的第二部小说《残花亦俏》预计在2015年"全国助残日"之前见书。一部辛苦之作,几年的汗水,几年的希望与苦苦的期待,终于得到了回应,感谢华夏出版社又为我实现了一个愿望。

小说《残花亦俏》的出版,首先要感谢的是华夏出版社的编辑徐大姐,她是我自传体小说《生如残月》的责编,在为我编辑该书时曾和小娥几次到我家。徐大姐谦逊、和善、热情。在我眼里,徐大姐就是一位大才女。也正是由于她的全力相助,才使得我的自传体小说《生如残月》问世。之后在一次电话中,徐大姐得知了家绪离世,了解到当时我穷困的生活状况,又问及我是否还在写作，有没有比较满意的作品。我告诉她仍然在坚持写作，有两三部小说手稿，其中比较满意的就是《残花亦俏》。徐大姐听完特别高兴，当即让我把书稿发给她，她要再帮我看看能否出版。正是徐大姐的热心推荐，手稿发出不久后我便接到华夏出版社编辑刘晨老师的电话，她告诉我出版社已指定她作为《残花亦俏》一书的责编，我的小说即将出版。那一刻我的内心充满着感激。

小说《残花亦俏》以福利院为生活背景，以我25年的亲身经历为素材。书中的人和事一幕幕记忆犹新，这是开头的一段："又是开午饭的时候，照例是那两个身穿白大褂的人，推着一辆平板手推车，车上有两个冒着热气的大铁桶，还横着一个蒙着白布的大笆箩，在各排房门前游动。当，当，当，当，当，当，屋外响起铁勺子敲铁桶的声音，掌勺的是一个膀大腰圆的男子，油光水滑的一张大圆脸，却生着一对眯眼，姓刘，名字叫什么人们不清楚，都管他叫刘大勺子。各屋里拎着铁桶、端着盆子出来打饭的几乎都是好胳膊好腿的人，一般是智力残疾人，半大不小的男男女女。刘大勺子从来不拿正眼看这些人，每有饭盆伸过来，大铁勺子从铁桶里舀起菜汤，不管不顾往里一扣，常常溅到对方手上或溅到外边。打饭的残疾人大都尝过热汤溅到手上的滋味，打饭时都有点战战兢兢、躲躲闪闪，生怕烫着，但越躲越挨烫，烫着了也是敢怒不敢言。刘大勺子的搭档是一个同样肥胖的女人，专门管数馒头或窝头。敲铁桶的声音响着，又有一阵杂沓的脚步声响起，各屋能动弹的人都拿着盆子涌了出来。"

盼着盼着，儿子有了工作，自食其力了，我的新书《残花亦

俏》又将出版,这些都是值得庆贺的事。但是我并没有因此停下忙碌的生活,我依旧在曹雁的生命阳光中心尽自己的一点微薄之力,尽可能地做上一点点工作,也算是对曹雁主任及残疾朋友们对我鼎力相助的回报吧。2015年新年伊始,一天,雁子的助手通知我去参加中心的生命阳光文学社成立大会,成立大会上还将请我发言。那一刻我真是兴奋,为残疾朋友们喝彩。有相当多的残疾人都喜好文学、写作,但是苦于没有一个属于自己的写作天地,感谢中心给我们搭起了这样一个展示文笔的平台。

◆ 2015年1月4日,以"用生命书写生命"为主题的"怀念史铁生,激励心力量"生命阳光文学社成立大会在北京市残疾人活动中心举办

兴奋过后就是紧张,文学社成立大会上要发言,而且要代表文学社成员发言,这可让我犯了愁。因为脑瘫患者绝大多数有语

言障碍，心里想得好好的，到时候人一多，就不由自主地紧张，一紧张就会说不出话来。因此，我很少在大庭广众下说话或是发言，即便是需要发言，也只能说上三言两语，接下来发言稿由别人帮忙读。雁子深知我的情况，她一再安慰我要克服紧张心理，精神上要放松，并让我先写一篇发言稿。考虑到我的具体情况，她要求发言稿要写得简明易懂，方便阅读，并委托李嘉老师帮我修改。

发言稿写好后，李嘉老师不辞辛苦地帮助我修改了一次又一次。最后，经过我的努力加上李嘉老师的帮助，一篇简明的发言稿出炉了。以下是我发言的内容：

各位领导、各位嘉宾：

大家上午好！

今天是一个特别的日子，有一个熟悉的名字在温暖着你我，温暖着我们大家的心，这就是史铁生先生，一位我深爱的作家，我曾无数次被他的作品深深感动，他的坚强时时鼓舞着我。我们深深地怀念你，精神的巨人——史铁生先生！

我是一名重度脑瘫患者，从小在福利院长大，6个月就出生了的我，曾被医生断言活不过二十岁……但是生命却在我的身上出现了奇迹，我闯过了一次次死神的威胁，战胜了一个个生活的关口，以我坚强的生命力击败了医生的断言。

心如皓月

我从13岁起开始了艰难的自学,从一首小诗《春之歌》的发表,到百余篇文稿陆续在国内外报刊上登载,我作为福利院的一名重残者,还曾走出国门。1989年我曾应国际传播服务社之邀,出席了在美国圣路易斯市召开的"第五届国际残疾人独立生活代表大会"。近年又有长篇小说《生如残月》出版,我的另一部小说《残花亦俏》也将问世。

在今天这样一个感受着温暖的日子里,我们的"阳光文学社"成立了。作为一名爱好写作的重残人,我很兴奋,从此爱好文学写作的残疾朋友们有了这样一个展示理想的平台。我坚信,残联领导、生命阳光在中心领导、各位富有爱心的作家及来宾们的热情帮助下,在史铁生先生的精神感召下,我们的文学社一定会办得红红火火,写出感人之作。

◆ 28岁的张莉,在福利院用嘴巴操作英文打字机

◆ 30岁的张莉,照片被刊登在1986年第11期《美国康复》杂志上

◆ 1989年5月留影于美国圣路易斯市密西西比河畔

在文学社成立大会上还有其他人要发言与朗诵诗歌等,为了确保活动万无一失,在成立大会前几天,雁子通知大家到中心的活动厅先进行一次演练。发言和表演节目的人都到了,演练按照正式的会议程序进行。一篇篇发言稿、一篇篇慷慨激昂的诗朗读完了,接下来轮到我发言了,我在心里对自己说:镇静,镇静!一定要拿出最好的状态。雁子和李嘉老师也在一旁给我打气,让

心如皓月

我放松,再放松,千万不要紧张。不负众望,一篇五六百字的发言稿我读了下来,虽说磕磕绊绊,但我成功了,这是我第一次在众人面前完整发言。演练的发言是过了关,我为自己感到一阵喜悦,可是想到成立大会那天的发言,我不免还是有些担忧。

经过生命阳光中心曹雁主任及其他领导的精心筹划,在残疾朋友们的热情参与下,2015年1月中旬,终于迎来了阳光文学社成立大会。以"用生命书写生命"为主题的"怀念史铁生,激励心力量"文学社成立大会在北京市残疾人活动中心举办。北广传媒公益频道《真情手递手》节目著名主持人张洁热情洋溢,慷慨陈词,紧紧地抓住了与会者的心。出席活动的有北京作协副主席兼秘书长、生命阳光文学社名誉社长王升山先生,北京作协副主席、北大教授曹文轩先生,北京作协理事、著名京味作家、生命阳光文学社社长刘一达先生。说到刘一达先生,以前我只在电视和网上看见过他,也读过他的部分大作,但是却未曾谋面。令我想象不到的是,在大会前一天,我就有幸见到了刘一达先生,那是曹雁主任邀请他到中心给残疾朋友们上文学课,他给人的第一感觉就是亲切、热情、开朗、谦和、谈吐自如。他没有一点点的做作,更没有一丝居高临下的感觉。在你的面前,他不像是什么大作家,倒像一位久别重逢的亲人、朋友,在和你叙着旧,拉着家常。尤其是对待残疾朋友,他话里话外带着浓浓的关切和一种难得的温暖。更令我感动的是,当我起身告辞的时候,刘先生竟然也起身,和他人一起帮着我推轮椅。因为门前有两层不算低的台阶,他又是抬又是搬的,一直坚持把我送下了台阶。这就是这位大作家给我留下的第一印象，实在令我难忘。

北京市残联副理事长、生命阳光文学社志愿者吕争鸣先生、市残联宣文部主任董连民先生、社会工作部主任王长红先生、文体中心调研员寇正灵女士，西城区残联宣文处高磊老师，生命阳光心理健康指导中心主任、生命阳光文学社的发起人曹雁主任，著名演员朱琳、冯福生，著名播音艺术家李慧敏等，以及来自中国作协、北京作协的近二十名作家，还有史铁生先生的生前好友、来自首都的残疾文学爱好者，共一百多人参加了活动。曹雁、王升山、曹文轩、刘一达、吕争鸣先后发言。曹雁主任在讲话中说，成立生命阳光文学社就是要继承史铁生先生的遗志，接过他手中的笔，把他没有完成的文学事业和思想精神发扬光大。她希望生命阳光文学社能够站在时代的前沿，创作出以残疾人的现实生活为题材，反映他们精神面貌和思想境界的好作品，为残疾人的文学事业做出自己的努力。王升山、曹文轩、刘一达、吕争鸣分别从各自的角度表达了对史铁生先生的缅怀之情，分析了史铁生先生作品的特点和影响，以及他们各自对残疾人文学爱好者、对于生命阳光文学社的期许。

在文学社成立大会上，著名艺术家冯福生、朱琳、李慧敏分别朗诵了史铁生先生的代表作《我与地坛》《我的梦想》《希米，希米》。残疾人朗诵艺术家们则分别朗诵了自己和其他残疾人作家创作的纪念史铁生先生的作品。曹雁主任朗诵了她在三十多年前创作的诗歌《小草》。满运杰朗诵了自己创作的《同样的天空，

同样的精彩》和残疾人散文家刘维嘉创作的《铁生老师，新年快乐》。张玉良朗诵了著名盲人作家张骥良的作品《爱是永不止息》。董淑芬朗诵了史铁生先生的《好运设计》精选片段。作家代表余途朗诵了自己创作的《与你同行》。

著名雕塑家、中国美术家协会会员刘安文先生向生命阳光文学社赠送了自己创作的史铁生雕像。当天他正在云南出差，无法来现场参加活动，活动现场特意播放了他专门录制的短片，并举办了赠送史铁生雕像仪式。残联领导及作家们为生命阳光文学社揭牌。生命阳光文学社的成立仪式热烈而激荡人心，更令我感到激动和欣慰的是，我在成立大会上的发言成功了，这是我第一次在众目睽睽之下放开喉咙所做的一个虽简短但完整的发言。

◆ 与著名京味作家刘一达的合影

参加过文学社成立大会,好心情还没持续几天,变故却又接踵而至,居委会工作人员登门通知来了。一件事是按照国家政策,我家因为孩子已经工作,家庭收入提高,也就是说,作为低保户收入超标,低保金被取消了。其实,当时我自己有市残联发的养老保险金,年满55岁每月发五百多块钱,所以低保金每月也只是拿个几百块的补差。但既然是国家政策,就应该无条件地遵守。可第二件事儿简直让我无法接受,那就是,同样因为收入超标,我们娘儿俩现在住的金隅美和园小区的小两居廉租房,可能也要被回收。但因为我是重残人,可以把目前的小两居换成一居,要重新申请廉租房,是否批准、何时批准也是个问题。并且这个解决方案也是有前提的,那就是把孩子分户出去。

得知这个消息,我愣住了。我们母子二人相依为命,孩子是我唯一的监护人,我需要他的照顾。假如母子分离,漫漫长夜,家里只有我自己,倘若我生病或发生了什么不测,还有谁会在我身边?我向居委会的工作人员陈述了自己的困难,他们表示愿意将情况向上级反映,但结果如何,一时间仍是未知数。

短短几天,房子的事搅得我寝食难安,孩子工作刚刚几个月,工资只不过刚好够吃饭和维持家里的日常开销,去外面租房子肯定是租不起,以现在的市价和我家的经济困难,买房更是天方夜谭。如果失去了这仅有的栖身的小窝,接下来,我们娘儿俩的生活可怎么继续?

别无所求,只盼有个栖身的小窝

说着话又到年底了,面对即将失去住处的困境,我的思绪不由得回到了从前,回想起刚住进这所房子的时候。那还是2008年,当时我们一家三口还借住在明光村小西门弟弟名下的一间13平方米的平房里。那间平房是1996年弟弟单位分的,母亲不忍心我们一家三口租房居住,三天两头被房东驱赶,在母亲的建议下,弟弟一家人挤一挤,先把新房子借给我们住。有了暂时的落脚地,每个月省去了不菲的房租,也不用再看房东脸色,更不必有被驱赶搬家、居无定所的恐慌。就这样,我们在弟弟的那间平房里踏踏实实地住了十几年。

刚住进去的时候,儿子壮壮才五岁,在明光村上了小学,转眼间十几年过去了,他读完了初中,又考入了高中。我们夫妻俩天天盼望孩子快快长大,可当有一天孩子真的长大了,困扰也就随之而来。当时读高一的儿子已经是一个大小伙子,将近一米八的个头,又生得膀大腰圆。一间十几平方米的屋子,一张双人床和一张单人床就占据了大部分空间,还有几件简单的家具,再加上我的轮椅车移动也需要空间,每逢三口人都在家的时候,简直无处下脚,我们又一次被房子的问题所困扰。

所幸上苍眷顾,正在我们一筹莫展之际,政府出台了照顾无房低保户的两项政策:一是给予资金补贴用于租房居住,最高补贴额每户八九百元,多出的部分自行支付。我是重残人,又属于低保户,按照政策可以拿到最高标准的补贴。二是实物配租,就是提供廉租房,只要是无房低保户,凡是符合指定标准的家庭都可以申请,只是没有现房,当时位于清河小营金隅美和园小区的廉租房还在建设中。新政策可真是雪中送炭啊!得知了消息,我们的心里顿时有了盼头,我和家绪讨论来讨论去,认为应该申请实物配租的廉租房,因为当时租房市场火热,即使领到八九百元的补贴也很难租到合适的房子,即便租一间稍大一点的平房也并不容易。于是我们申请了正在建设中的金隅美和园的廉租房。

申请材料交上去,接下来就只有等待,一天天地盼着房子。等待的时间是那么的漫长,那段日子里,家绪时不时会坐上公交车,到金隅美和园去看房子建设的进展,回家后再把所见所闻讲给我听。从他的讲述中,我知道了金隅美和园的具体位置,那是之前清河小营北京加气混凝土厂的厂区,占地面积不小。我以前在清河居住的时候常经过此地,已是熟门熟路。真是三十年河东三十年河西,仿佛冥冥中已经注定了此生此世我都不能与清河彻

心如皓月

底分离,阔别了十几年,如今我又要回来了,回到令我欢喜令我忧,记忆中埋藏着无数泪水和生离死别的清河……

我和家绪掐指算着日子,就盼着美和园能早一点交工,发放新房钥匙。一年之后,我们终于等到了新房的钥匙。这一天,区住保办打来电话,通知我们去选房,我们当然是异常兴奋。住保办位于双榆树,离当时我们在明光村的家可不算近,但家绪硬是用轮椅推着我去了。到了住保办服务大厅,还是家绪,楼上楼下好一阵子忙活。其他人都是看图选房,而我家是被照顾的对象,还没等我们选,住保办的负责人就直接给指定了12号楼一单元的603室。问了才知道,廉租房的每个单元都有一间房是专为重残人准备的,就是我们被分配到的这个3号房,厨房和卫生间的空间都比其他房型大,便于轮椅进进出出,楼层和朝向对我们来说也都相当好了。

接下来就是拿钥匙,签合同,一切忙活完了之后,我手拿新房的钥匙,怀揣着合同出了住保办。在回家的路上我忽然发现家绪沉默了,脚下的步子也放慢了许多,刚刚还有说有笑的。问他怎么了,他一句话没说。直到回到家之后,他才把那份住房合同递到我的面前,并甩出一句话:"看看吧,合同就五年,你想想,五年之后我们怎么办?"

我看了一下合同,家绪说得没错,廉租房只有五年的合同期,五年之后要看家庭成员的变化和收入情况再评估,如果收入超出了低保户的标准,也就意味着没有资格居住了。说起来家绪很有头脑,考虑问题要长远一些,当初他就预料到了这一步。拿到钥匙那年，孩子已经在读高二，如果学习成绩好，再有四五年大学毕业，就会工作。如果孩子工作了，家庭总收入肯定要超过低保收入标准，那样的话，五年之后住房仍会是个老大难问题。家绪眉头紧锁，一脸忧虑，不时地长吁短叹。

　　我的想法却很简单，我只希望有一个栖身的小窝，一个属于三口之家的宁静小窝，不需要多大，也不需要多么豪华，只要不再为租房劳碌奔波就很好了。眼看拿到了廉租房的钥匙，是好事啊。我几次和颜悦色地劝慰家绪，五年就五年吧，我们先住进去，接下来的事以后慢慢再说。既然国家有了廉租房给我们住，那我们就高高兴兴地住着。这在以前是想都不敢想的啊，说不定日后还会有更好的政策出台，何必考虑得那么长久？况且更现实的情况是，儿子已经长大成人、人高马大，再和我们挤在一间小屋里实在不方便了。并且2009年的冬天特别冷，刚刚立冬，两场纷纷扬扬的大雪就不期而至。明光村的小平房保暖很差，外面冰天雪地，人在屋里盖着被子躺在床上还是冻得直哆嗦。这种情况下，我不停地唠叨着快点搬家，这让家绪很不耐烦，甚至说："想搬去住楼房，那你们娘儿俩搬吧。反正我哪儿都不去，一个人住在这小房子里算了。"他的话真让人生气，但我还是把满腹的牢骚咽回了肚里，我不想我们之间有不愉快发生。

　　好不容易等到了美和园廉租房的新房钥匙，家绪却固执地不愿意搬家，不管我怎样劝说他就是不想搬，拖来拖去过去了半个多月。我哥嫂得知了这事，就到家里来耐心地做家绪的工作。他们的意见也是先住进去，以后的政策会更完善。此外，哥嫂还帮

心如皓月

我们收拾了新家：两间卧室原本光线很暗，哥哥给换上了明亮的吊灯；新房里空荡荡的，哥哥就专程跑到家具城给我们定做了新家具、新衣橱；嫂子还给我们挑选了漂亮的窗帘，并亲手为我们缝制了软软的新被褥。一切准备就绪，家绪终于在哥嫂的劝说下点了头，勉强同意搬进美和园了。

那是一个星期六，哥嫂趁着休息日赶来为我们搬家了。哥哥事先已经预定了一辆搬家车，我们把家里的东西挑挑拣拣，能用的全部装进车里，由家绪在搬家车上一路看管着东西，我理所当然地被优待，坐进了哥哥的小车，儿子和嫂子在一旁照料我。不大工夫，哥嫂就平平安安地把我们一家三口送进了新房。我们到了新房之后，母亲也暂时撂下照顾父亲的工作和手头上的杂事，给我们送来了一些生活必需品。弟弟更是抱来了一件我们入住最急需的东西：一台崭新的抽油烟机，并给我们安装到位。

当时正值11月中旬，已是隆冬时节，推开新家房门却倍感温暖，暖气很足，人进屋就得立即脱掉外衣，连一件毛衣也穿不住，穿一件单衣也要流汗，这和我们原先四处漏风的小屋比，真是两重天地。哥嫂马不停蹄又是好一阵子忙活，帮着摆放家具、收拾衣物，之后又把我们的床铺得舒舒服服。一天下来，在母亲、哥嫂和弟弟的鼎力帮助下，我们的新家已初具规模。新房也确实没多大，建筑面积46平方米。麻雀虽小，五脏俱全，有两间卧室，一大一小，大的有十平方米左右，小的只有六七平方米的样子，有独立的厨房和卫生间，外加一个小小的门厅，对我来说，足不出户就能解决生活上的大部分需求。

眼见天色将晚，忙碌了一天的母亲、哥嫂和弟弟都回家去了。屋内大件的家什已经基本上整理好了，还剩下一些零散的东西，需要家绪和儿子来处理。看着一脸疲劳的家绪，我说："别干了，今天你们都太累了，先歇着吧，剩下的事明天再说。"谁知两句话又惹恼了家绪，他绷着脸又冲我唠叨起来："搬家，搬家，现在搬过来了，你可满意了吧？"虽然他不停地唠叨着，手里也还在不停地收拾。和爸爸相比，搬进新家的儿子非常兴奋。是的，十七八岁已经算是个大男孩了，早就应该有个属于自己的小天地。帮着爸爸把零碎东西收拾停当后，儿子就走进小卧室去布置自己的空间了。

忙忙碌碌搬进新家的第一天，直到躺倒在床上，家绪嘴里还在唠叨个没完，埋怨不该搬这个家。但我就抱定了一个理念，退一步海阔天空，为了孩子，家里得平平安安的，家绪他最终接受这个新家的。

就这样，我们开始了廉租房里的新生活。家绪一开始很是唠叨了几天，见我和儿子都不搭茬，他也就消停了。人一放松，精神状态也慢慢地好了起来，愉悦和兴奋之情也终于往外冒头了。家绪慢慢地适应了楼房内的新环境，每当忙完手头上的事，靠在床头歇息的时候，就会不由自主地感叹道："你还真别说，这楼房可比小平房舒服多了，暖暖和和的，用不着每天屋里屋外地倒腾着生炉子了。"

说起来，刚搬进廉租房的那段日子算是舒适宁静的。白天儿子去上学，当时儿子就读于石油附中，搬到新家后路程远了许多，

心如皓月

所以往返的路上就骑上了自行车,一整天看不见他的影子。白天,我和家绪各自占据一间卧室,家绪也喜欢写作,在我的指导下,他也渐渐学会了在电脑上敲字。每天忙活完家务就坐在电脑前,他写我也写。晚上儿子放学回家,家绪烧好两个菜,一家三口围坐在饭桌边,听着儿子说着学习的情况,说着学校里发生的趣事。想一想,那是多么温馨的时刻,只可惜旧时的光阴一去不复返。

住房的难题还未解决,时光匆匆的脚步又跨进了2015年,元旦过去就是新春佳节。有一天,我接到中残联吕世明理事长的电话,说他和市残联、海淀区残联的领导要到家里来看望我。撂下电话之后,无助的我似乎又看到了一线希望。两个小时之后,我又接到理事长身边一位工作人员的电话,说理事长委托他来询问一下,我目前生活中有没有遇到什么困难,有没有需要帮忙的地方。听到他的话,我立即想到当时正困扰我们娘儿俩的住房问题,于是,我就在电话里和那位工作人员大致地描述了一下情况。对方耐心地听了我的叙述,表示立即会把我的情况汇报上去,帮忙沟通解决。

没过多久,吕理事长一行人如约而至,到访的人非常多,挤满了我小小的房间。和往年一样,吕理事长送来了米、面、油和慰问金,此外还有他自己给我的过年钱,这项善举已经坚持几年了。对于他的热心帮助,我的内心有着说不完的感激。

说起来,我们一家因为情况困难,一向深受照顾,从低保待遇,到孩子上学减免费用以及医保等等,我从内心感激政府的关怀,更感激各级领导和工作人员无微不至的帮助,如果没有国家的好政策，就不会有我们一家的今天。

后来，在残联和社区工作人员的帮助协调下，我们娘儿俩栖身的小窝终于保住了，暂时不用搬家了。我也就去了一块心病，踏踏实实地过了2015年的春节。

日子在匆匆忙忙之中飞逝，很快便到了第二十四个"全国助残日"。"助残日"前一天，我终于看见自己新书的样本，我的第二部小说《残花亦俏》已经由华夏出版社出版，看着自己的新书，我的心情好一阵子不能平静，感谢华夏出版社给我圆了这个梦。感谢该书的责编刘晨老师，正是她辛勤劳作，为书稿做修改，这部小说才会顺利问世。

新书出版了，兴奋之余，我又在想着出去卖书的事，之前卖的是一本《生如残月》，接下来就要两本书一起卖了。我首先想到的是，卖书的方式应该变一变了，之前每次都是小时工小戈的爱人赵师傅带着书把我送到卖书地点，再帮助我摆摊。倘若不改变一下方式，那么每次摆书和收书就太麻烦人家了。为了这事，我绞尽脑汁，根据自己的实际情况琢磨了好几天。怎么能自己带着书去卖，而不用靠他人接送呢？我对着面前的电动轮椅白天想，夜里想，最后方案出炉了：先去超市买上一个塑料储物箱，尺寸要和我轮椅车下面的脚踏板正好吻合，里头还得刚好能放下两排书，这样再去卖书时，储物箱就放在轮椅下面的脚踏板上。因为这脚踏板对我毫无意义，由于病情加重，我的双脚已无法落在脚踏板上，上了轮椅也只能跪在座位上，这倒好，给放书的箱子腾出了空间。真是天无绝人之路，仿佛上天早已为我安排好了这一切。

心如皓月

自己用轮椅车带书的问题解决了,接下来就是新书出版要换一个新的广告牌,再不能把广告铺在地上了,而且要自己能随身带着。我又冥思苦想了半天,办法有了。我先写了这样一段广告词:

> 长篇小说《残花亦俏》25元一本,一个汇聚着人间形形色色不幸遭遇的救济院,演绎人世间的悲欢离合,婚恋离奇而曲折……长篇自传体小说《生如残月》16元一本,一个不幸的幸运儿,痛并快乐地生活着……
>
> 我不是作家,没有健全的四肢,没有念过一天的书。嘴巴叼笔书写着不同寻常的人生,历经六年的拼搏,这才实现了自己的梦想……
>
> 谢谢您的支持与赏识!

之后我便去做广告的小门店花钱做了一张一平方米见方的广告纸。回来之后我又请赵师傅找来一块三合板,大小尺寸和广告纸相吻合,用透明胶带把广告纸粘在三合板上,再在三合板上沿打两个洞,穿上铁丝,用螺丝钉将其固定好,这样广告牌两边的铁丝正好可以缠在轮椅的扶手上,一个新颖独特的广告牌就这样完成了。带着我的新书《残花亦俏》和前一部自传体小说《生如残月》,我做着出发前的准备。小时工小戈扶我坐上轮椅,再把装满书的箱子放在我轮椅下面的脚踏板上,再将广告牌在轮椅扶手上固定好。全副武装的我看上去很可笑,卖书的广告牌固定在轮椅前,遮挡着身体。我咬咬牙,横下了心,不去想什么形象,更不要在意别人的目光,只要自己能独自去街头卖书,只要不给别人增添麻烦就行。

胸前挂着卖书的广告牌,轮椅脚踏板上放着沉重的书箱子,我要求小戈做的事情都做好了,可是在我离开电梯将要出单元楼的时候,小戈却一把按住我的轮椅车:"大姐啊,你自己这么出去行吗?这样太危险了,我可不敢放你一个人出去……"怎么说她就是不放开我的车,非要让赵师傅去送我。费了半天口舌,小戈终于肯放我走了,不过嘴里不停地说:"大姐,你可要慢点,早点回来啊!"过了小戈这一关,走出了单元楼,上下楼的邻居们见到我的模样又是一阵阻拦,大家都说我自己如此出去卖书太艰难、太危险了。对于邻居们的关心我从心里感激。我轻松地一笑:"没事,我能行!"

我再次亮相于大街小巷,又来到了地铁13号线上地站附近的公交车站。这次没有他人护送和帮忙,脚踏板上还放着一个沉重的书箱子,自然比以往要吃力得多,尤其是爬上地站附近的过街天桥的时候,由于脚踏板上有书箱子,轮椅车沉重了不少,开起来要使出全身的力气。我低着头全神贯注地用下巴开动着轮椅,一点不敢懈怠。只要我停下来喘口气,轮椅车就会向后倒退溜下去。当然如此的形象也再一次引来了他人的目光。有不少热心人走过来要帮我推轮椅,但都被我谢绝了。我在心里默念着:"坚持,坚持,张莉你一定行,一定行,一定会走到的!"就这样,我靠着自己的力量,第一次"出征"成功了。我为自己喝彩,再送给自己一个大大的赞:张莉好样的,你又一次战胜了自己!

心如皓月

地铁附近的公交车站,可以说是我卖书的"根据地",那儿有熟悉的目光,那儿有亲切的招呼,那儿有我的读者,更留下了我对他们深深的感激之情。我的新书《残花亦俏》也在街头亮相,引起了关注,很多人都是前一部《生如残月》的读者,也都买了我的新作。之前多次购买《生如残月》的那位漂亮的女经理,一天在匆匆赶路经过公交站附近时,看见了我的新书,当即买了几本,之后又几次让她的办事员来买走了几十本。再有便是那位给我留下难忘印象的老太太,曾多次买了我的《生如残月》一书赠送给路人。当老太太得知我的新作问世,又先后几次来买,依然赠送给路人,为我的书做宣传。

买书人的热情,他们的诚心赏识,我都一一牢记在心,每每想起都令我感到温馨。虽然自己处境艰难,可是生活中终究充满了阳光。好人众多,让我倍感社会的温暖。我希望通过自己的作品,把残疾人的自强、自立、勇敢生活、不向厄运低头的精神展示给世人,也希望全社会都能认同我们。

年近六旬，依旧在拼搏

纵有凄风苦雨，风雨过后，总能见到彩虹。一天下午，我照例在车站边卖我的书。一位很有气质的女士经过，她看了我一眼，随即在我的面前停了下来，摘下墨镜看看我胸前的广告牌，再看看轮椅下面放着的书箱子，问我："这是您自己写的书吗？"我点点头。她又问："两本都是吗？"我又点点头。她又问："我可以先看看吗？"征得了我的同意后，这位女士俯身拿起书翻看着，之后她选中了一本《生如残月》，拿出二十块钱塞给我。我要找给她钱，她却说不要，转身离去。不多一会儿她又回来，说想要我的联系方式，愿意和我成为朋友。我当然高兴了，便把自己的固定电话号码及手机号给她了，她立即加了我的微信。这之后她几次到家里看望我，并买走我的书，都是五本十本地买，说是回去送给她的朋友们读读。正所谓真人不露相，通过几次接触，我才知道了这位女士的真实身份：荆敏女士，（中国）世界有机家园立

体公益平台(TWH)创始人,中外中小企业交流与合作立体平台(SMBEC)创始人,太平洋地区发展与教育协会(PRIDE)国际合作发展中心主任,国际品牌建设与国际交流专家。

◆ 我和荆敏女士的合影

◆ 后排左一为荆敏女士,左二为陈明老师,前排左一为陈明老师的儿子,右一为晋老师

虽然我和荆老师相识不久,但是一见如故,每次相见都有说不完的话。一来二去,成了好朋友,她不仅自己来家看望我,买我的书,还带来了她的朋友给我认识——热情开朗、气质不俗的小陈和她可爱的儿子。别看她儿子小小的年纪,六七岁就已经能够朗读我的《生如残月》这本书了。还有热情的晋先生,不止一次地买走我的书,还给我做宣传。不仅如此,荆老师还把我如何战胜病残、坚持自学及写作的故事介绍给了安徽省阜南县曹集镇中心小学,该校的老师和学生们在了解了我的情况后都大为感动和敬佩,都渴望见到我。那是2015年的暑假,我迎来了这些远道而来的贵客,该校的郭燕老师带着她的学生、部分老师和家长代表出现在我家门前。

只是我的家太小了,根本不能把小客人们、老师及家长们全都请到房间里落座,郭燕老师和她的团队只能借楼下的空地和我欢聚一堂。更令我高兴的是,同来的客人中还有荆老师年迈的父母,两位老人均已年过八旬,但是身体非常健康,精神矍铄,热情待人,和蔼可亲。郭燕老师当场讲述了我的情况,大家听后报以热烈的掌声。接着便是一场小小的欢聚,同来的孩子有郭中影、程恒心、赵宣宇、郭厚瀚、郭厚旭、蒋可崎、张心驰、张豪博、曹欣羽、郭淑雅、吴程锦、郭欣然、翁夏夏,都向我提问,他们想知道我自学和写作的事情,我一一给他们做了回答。随即大家争先恐后地买下了我的书《生如残月》,并诚邀我为该校的"梦想大使"。

欢聚是愉快的,时间是短暂的。因为小客人们要赶当晚的火

心如皓月

车回安徽,不得不和他们说声再见了。我开着轮椅车走到他们的大巴车前道别。我向郭燕老师和大家承诺,只要身体条件允许,等到有机会的时候我一定去该校看望大家。

此外,荆敏老师还把我的情况介绍给北京门头沟区琉璃渠小学,师生们都被我坚强的生活态度感动,诚邀我做该校的"梦想大使",并且邀请我到学校和大家欢聚、座谈。年近六旬的我,人生的道路已经过半,但学校这两个字对我来说似乎还是很陌生的。我没有进过学校的门,没有念过一天的书,我不曾见过校园里那片蔚蓝的天空,教室中那明亮的玻璃窗,更没有聆听过老师们那谆谆的教诲及学生们那朗朗的读书声。和孩子们在一起,我感到非常激动与欣慰。看到他们的身体这么健康,充满了活力,我心里由衷地高兴。他们的笑声中有着成长的快乐,他们就是那沐浴在阳光下、正待绽放的花朵。

初秋的一天,荆老师又来家里看我,她带来一个令人高兴的消息:几天之后她要到美国留学,为期两年。我自然为她感到高兴,但是高兴之余也不免有点小小的忧伤,荆老师这一走就是两年,要有好一段时间见不到她了。知道了我的心思,荆老师便安慰我,说两年的时间很快就会过去,况且这期间她还有假期,还要回国看望父母。她告诉我,只要回国来就来看我。说着,她从包内拿出一条漂亮的真丝围巾给我围上,这是她之前去美国带回来的,送我做个纪念,只要我围上围巾就会想起她。荆老师果然没有食言,2015年圣诞节的时候她从美国飞回来了,虽然来去匆匆,但是还是来家里看我,千里迢迢、跨洋越海给我带回了礼物。

荆老师真是细心之人，这次她送给我的礼物，是一件薄羽绒蝙蝠式外套和一件漂亮的毛衣，这两件衣服的尺寸刚刚合适，就好像特意为我做的。羽绒外套的图案虽然花了一点，但是用荆老师的话说就是，岁数大了，更要把自己打扮得艳丽、漂亮一些。圣诞节一过，荆老师又脚步匆匆地登上了回美国的班机。

  一个阳光温暖的上午，我开着电动轮椅去超市买菜，当我正要进门的时候，背后传来一个声音："阿姨，我来帮您。"话音未落，一个女孩跑过来，又是掀门帘又是帮我推轮椅，我连声谢她。走进超市，我放慢了车速，挑选着自己想买的食物，再看看刚才给我帮忙的女孩，她并没有离开，而是跟着我走走停停，不时地帮助我挑选东西，做了以往服务员为我做的事。结账之后再帮助我走出超市，这时，女孩才亮出自己的身份。张敏燕，《北青社区报》上地版的记者，一位清秀而热情阳光的女孩子，我称她小张。因为我独特的开车方式吸引了她的注意，认为我也许有着一段不寻常的人生经历。小张提出到要到我家中进行采访。我欣然接受。

  在采访中，小张不仅了解了我独特的开车方式，还知道了我的生活经历，了解了我自学及写作的经历，知道我已有两部书先后问世。小张和我开玩笑道："真人不露相，原来阿姨是位名人。"我笑笑摇摇头："什么名人啊？我不想做名人，我就是我，只不过活在这个世上比别人经历得多一些，尝尽人生的酸甜苦辣……只不过是有着那么一点点不被惨痛、艰难压倒的精神。"几天之后，小张所写的有关我的报道《她生如残月，却一样皎洁》刊登在《北青社区报》的头版头条。

心如皓月

该篇报道刊登的几天之后,小张又和该报的记者小马亲临我卖书的地方进行采访拍照,并帮我做宣传。报道立即在社会上引起了反响,人们纷纷给报社打电话询问我的情况,提出要给我生活上的帮助,有人还亲自到报社想购买我的书。这之后,该报"走进社区"的活动有两次我都受邀参加,现场为自己的书做宣传。

时光无情地飞逝着,生活的脚步匆匆忙忙,眨眼间就是2015年的深秋季节。秋雨霏霏,飘飘洒洒,如丝如绢,如雾如烟。秋雨絮絮飘落,在空中缠绵,滋润着宁静的大地。伴随着深秋的脚步,阵阵的忧伤从心头涌起。2015年11月5日。这天秋雨绵绵,冰冷的雨滴打在脸上、身上,让人瑟瑟发抖。这天我们娘儿俩要去顺义陵园安葬家绪。吸取了以往打车遭拒载的教训,头天晚上,儿子便去租车公司租了一辆车。考虑到儿子要开车,一路上要帮助我上下车,还要抱家绪的骨灰盒,他自己肯定完成不了。得有个人来帮我们一下,可是找谁帮忙呢?这样的事谁会愿意去?

思来想去,最后我还是想到了陈哥,陈哥会不会乐意帮这个忙,我心里也完全没有把握。没想到我的话一出口,和每次一样,陈哥很爽快地答应了,并立马放下了自己手头上的事。我真是感激不尽。在我们去顺义陵园的前一天,母亲来了。知道我们要去安葬家绪,她担心我经济上周转不开,因为当时我已经没有了中心的那份工作,每个月还得支付两千元的小时工费用,经济上承受着很大的压力。母亲特意乘公交车给我送来一些钱。这时的母亲已经年过八旬,但是身体依然很健康,精神矍铄,就是有点耳背,和她说话时要把声音提高一些。母亲到了这把年纪,自己都需要别人的照顾,可是作为女儿的我不仅不能为她做点什么,反而要老人为我担忧。她隔三岔五地坐上公交车来家里看看,给我带来一些吃的、用的。知道我经济上的困境,她就省吃俭用把结余的退休金给我送来。每当我的生活面临困境,母亲总会伸出她那温暖的双手支持我,让我真真切切感受到,世上只有妈妈好。

  驱车一个多小时来到了昌平殡仪馆,我们娘儿俩先取走家绪的骨灰盒,再赶往顺义陵园。说起安葬家绪的事,我简直绞尽脑汁,先托朋友打听,又在网上查询,一直没有找到理想的地方。眼下是逝者和生者争地盘,墓地的价格也是一路攀升,几万元,十几万元……即使是偏僻的远郊,价格稍稍低一些,也要两三万元。考虑到我的身体状况,每年清明节要去祭奠家绪,价格低的墓地不但遥远偏僻,而且大都临近山坡,是丘陵地带,我的轮椅车根本无法进入,所以我们实在不愿选择价格太低的墓地。正在我为安葬家绪的事焦急的时候,母亲给我提供了一个信息:顺义陵园距离市区不算很远,位于顺义潮白河附近,可乘地铁,驱车前往也算方便。根据母亲提供的信息,我们娘儿俩又做了一番实地考察,这才知道此处墓地的价格也不菲,上点档次的墓穴一般都在十万元以上,最低档的也要七八万元。这七八万元的价格自然也是我承受不了的。

  儿子推着我在陵园里转了又转、看了又看,想在此购买墓地是不可能了,最后我们商定在这处陵园里采取塔葬,这样比购买墓地的价格低得多。虽然塔葬不如墓地好,但这处陵园有着地理

心如皓月

上的优势，我的轮椅车可以畅通无阻，每到清明时节，儿子可以陪我到此纪念家绪。当儿子将爸爸的骨灰盒放入塔穴的时候，我在心里默默对家绪念叨："我知道，这样的安排你不会满意，我这也是无奈之举。我想如果你在天有灵，知道我们娘儿俩的生活状态，你是不会为难我的……对吗？"安葬了家绪，心头的那份沉重依旧没有减轻，反而又背上了一层歉疚。

安葬了家绪后，一天，北京电视台海淀新闻频道的采编记者再次走进了我的家，他们曾在 2012 年的时候来过，拍摄了《张莉——用残疾身体书写美好人生》的专题片。那次来采访的是小郑，这次来的还是他，摄像的记者换了个新面孔。当我再次见到小郑的时候，脑海中情不自禁浮现出几年前的情景，那时的家绪还健健康康地陪在我的身边，我们双双走上了电视荧屏。怎奈物是人非，如今的家绪已经到另一个世界去了。大半天的拍摄，追溯了我近三年来的生活状况，讲述了家绪离世之后我所遇到的困难。专题片中着重讲述了我笔耕不辍，在极其困难的条件下仍坚持完成并出版了自己的第二部长篇小说《残花亦俏》，还展示了我用下巴驾驶着电动轮椅在街头卖书的情景。很快，专题片《书写残缺人生，微笑面对生活》在北京电视台播出，我的街头卖书活动得到了人们更多的关注。北京电视台的两位记者也购买了几十本《生如残月》。当我再次出现在车站卖书时，看过专题片的人都对我有了更进一步的了解，我的两部书比先前还要好卖一些。

四季周而复始，生活的脚步匆匆忙忙，又把我们带入了 2016 年。新年伊始，我很荣幸接到生命阳光中心曹雁主任的邀请，出席由北京市残联主办的"纪念史铁生 65 周年诞辰暨庆祝北京市生命阳光文学社成立 1 周年优秀作家经典作品分享朗诵会"。此次活动于 2016 年 1 月 9 日在北京市残疾人活动中心举行。

◆ 我去街头卖书的路上

 心如皓月

应邀出席的人士有市作协的作家、史铁生的生前好友、史铁生的妹妹史岚女士等,还有北京市残疾人文学爱好者一百多人。著名的残疾人作家史铁生先生是残疾人作家的一面旗帜。他生前的愿望之一是把北京市爱好文学、喜欢写作的残疾朋友组织起来,成立一个文学社,实现文学梦想。

为了纪念史铁生先生,也是为完成他的遗愿,由曹雁女士发起,北京爱好文学的残疾朋友积极响应,于2015年1月4日成立了生命阳光文学社。北京作家协会副主席兼秘书长王升山先生欣然同意做文学社的名誉社长,作家刘一达担任社长。

通过残疾朋友们一年来的共同努力,在各级残联的支持以及北京市作家协会和社会各界的扶持帮助下,生命阳光文学社坚持史铁生"以生命书写生命"的创作态度,深入生活,认真读书,勤奋创作,在曹雁社长的带领下开展了一系列卓有成效的活动,硕果累累。

现场还举行了北京市生命阳光文学社2015年度第一届"阳光文学奖"的颁奖仪式。有五位残疾朋友获此殊荣,我有幸是其中一位。在一阵热烈的掌声中,我被推上领奖台,接受北京市残联副理事长、文学社志愿者吕争鸣,文学社名誉社长、北京市作协副主席王升山,西城区生命阳光心理健康指导中心主任曹雁和新疆昌吉回族自治州玉文化协会会长赵晓萍女士颁发的荣誉证书。眼望着鲜红的证书,我由衷地感到兴奋与欣慰,非常感谢生命阳光文学社和大家对我的鼓励和鞭策,更要感谢曹雁和她的生命阳光心理健康指导中心为残疾人做的一切。

不知不觉间，2016年春节如期而至，过年的气氛暂时冲淡了家里的寂寞。首先登门来看望我的是中残联吕世明理事长，这已经是他来家第九个年头了。和往年一样，他带来了慰问金和慰问品，随行的还有中残联的相关领导。理事长顾不得一路上的辛苦，将轮椅停在我的床前，温和地和我拉着家常，嘘寒问暖。从身体状况到生活情况以及每月享受政府给予的资金补贴，还有我去街头卖书的情况，理事长都问得很详细。之后又问起我眼下最困难、最急需解决的事儿，领导如此关怀，我也就不掩饰了，说出了目前最棘手的事儿，就是我坐的电动轮椅出了故障，开不开，关不上，走起来十分艰难，眼看着它就要和我一样瘫痪，动弹不得了。

按规定，重残人还得是低保户才可以享受到残联发放的电动轮椅。可是我已经不再是低保户，也就没有了这个待遇。几千块钱的电动轮椅要自掏腰包的话，还真是囊中羞涩。没想到理事长和同来的其他领导沟通了一下，当场拍板，捐给我一辆电动轮椅。我真是喜出望外，太激动了，心中充满了对他们的万分感激。2015年春节前理事长的到访，为我解决了廉租房的困扰，让我们娘儿俩能暂时栖身。今年理事长的到来，又为我解决了出行难题。电动轮椅就是我的腿，一旦没有了它，我就又得在床上动弹不得了。

过年了，母亲更是惦记着我们孤儿寡母，担心我这儿是否有过年的东西。她不顾冬日的严寒，拎着大包小包来了。凡是她那儿有的年货，都拿了一些给我们，并一样一样地拿出来，告诉我如何如何烹调。嫂子也拎着年货来了，还给了我一个红包。今年哥哥没有来，嫂子告诉我近日我哥哥的身体状况不佳，外出比较

心如皓月

困难。说起哥哥，不由得让我感叹，真是时光匆匆，一眨眼哥哥已是六十有一，退休都一年多了。当年身躯威武、相貌堂堂、英俊潇洒的哥哥如今也变成了个体弱多病的老年人了。

  过年的那几天里，我家中朋友往来不断。这个春节让我感到最高兴的是又见到了失去联系几年的郭子夫妇，郭子就是在我《生如残月》一书中提到的家绪的同乡郭艳敏。能再度与郭子夫妇相聚，还亏得我去地铁站附近卖书。记得那是2014年的春天，一天下午，我坐在地铁附近的公交车站前卖书。那天去得早了点，没有到上下班的人流高峰，自然书也不好卖，只好放眼观街景。这时我看见在稀疏的行人中一位女士行色匆匆，经过我身边时她还特意看了我一眼，但并没有放慢脚步。可是随即那位女士又转身回来走到我的面前，看着我问："你是莉姐吧？"我抬头打量着她，一时间没认出来。对方又说话了："怎么了，莉姐，连我都认不出来？我是郭子，郭艳敏啊。"

◆ 我和好朋友郭子在一起

我惊呆了，寻找了多年的郭子此时就站在面前我却没有认出来，看来是真的老了。近两年，我的视力急剧下降，走在路上都不敢认人，更不敢和人家打招呼，就怕万一认错了人。听见郭子的自我介绍我真是喜出望外，再细细地端详一番，没错，是她。感谢上苍让我在街头卖书时遇见了她，重逢之后我们都很开心。一阵寒暄过后，看见我如此的状态，孤身一人蜷缩在轮椅车里，在街头卖书，郭子感到很诧异。我长长地叹息一声，面对好朋友说出了家绪的离世及之后家里发生的一切。听到家绪离世的消息，郭子刚开始怎么也不相信我说的是真的，随后她便陪着我难过。

其实郭子一家一直就没有离开清河，只是在清河毛纺厂倒闭之后，她不在朱房街住了，而是搬到了清河街。碰巧那天她有事赶地铁，没想到经过此地时看见了我。从街头重逢后，郭子夫妇隔三岔五地来家看望我，还带来了女儿。我们举家搬离明光村时她的女儿还没有出生，如今却已是一位亭亭玉立的大姑娘了。令郭子夫妇高兴和自豪的是，女儿的学习还很优秀，现在已是某大学二年级的学生了。

两年多街头卖书的经历，令我饱尝了生活的艰辛和世间的冷暖，同时让我的生活更充实。我亲眼看到，我的奋进精神、我的心血之作得到了社会的认可，也得到了世人的赏识。更令我感到高兴和欣慰的是，通过街头卖书，我结识了不少好朋友。年轻俊秀的袁玲时常来家看望，每次来时都要买走几本我的书，说是替朋友们买的。年轻热情开朗的邓女士自从街头买书结识我，也成

心如皓月

了我家的常客。忘不了2014年我生日的时候,邓女士特意为我定制了生日蛋糕,带着她六岁的女儿到家里来给我过生日。她那乖巧的女儿学着妈妈的动作,一口一口地把蛋糕喂进我的嘴里。那一晚,她们母女陪我到很晚。

令我感激的还有热情大方的海燕,那是之前我乘地铁到中心那边参加活动,在乘坐云梯时一位女孩主动跑到我的面前,帮着乘务员忙前忙后,帮我顺利到达站台。在等车的间隙我们攀谈起来。她抢先自我介绍叫海燕,是一位只身闯北京的姑娘,很有爱心,工作之余忙于公益事业。她和她的伙伴们每个周末奔波于养老院、孤儿院,给那儿的老人、孤儿送去欢乐与温暖。海燕要了我的联系方式,从此我们就成了好朋友。她时常来我家帮助我做家务,临走时总要买走一摞我的书送给她的朋友。还有几次,她陪我一起去卖书,火辣辣的骄阳下,她为我撑起遮阳伞,自己却忍受着盛夏阳光的燥热。还有热情仗义的小伙子小金也是我家的

◆ 邓女士到家中为我过生日

常客，逢年过节既送营养品又送钱，不收下绝对不答应。面对这些好心人，我心中有太多的感激说不尽，是他们的热心和爱让我的意志更坚强，生活更丰富、更完美。正是因为有了这种爱的力量，才使我的生活得以继续。

结识新朋友，不忘老朋友，如今我因街头卖书结识了众多新的好朋友，但是我并没有忘记老朋友。例如我在《生如残月》一书中提到的那些好朋友：去了异国他乡的潘蓉、梁靓至今没有丝毫的消息，我曾托朋友帮助打听过梁靓的情况，但是没能如愿，但是我相信在有生之年的某一天，也许会有奇迹发生，会与她重逢。还有一直想打听的忠厚老实的刘冠武老兄的近况，但是都没有讯息。倒是无意间知道了高宝胜的下落，其境况却又令人伤感。住进廉租房之后，我结识了同楼的一位大姐，她买了一本我的《生如残月》，读过之后，有一天见面时便和我攀谈起来，说起高宝胜，原来他们正巧是同学。得知此事我很是高兴，便向这位大姐问高宝胜的近况。不料对方的神情立即沉重起来，她告诉我高宝胜已因心脏病在几年前过世了。真令人伤感，惋惜，在写作上很有成就的他却早早地走了，我只能永远为在天堂里的他祈福。

生如残月，心如皓月。一轮皎洁纯白的满月，在头顶上方的夜空中静静地悬挂着，仿佛泉水一般倾洒着柔柔的光芒。美丽的月亮，温柔的月亮，忧郁的月亮，微笑的月亮，哭泣的月亮，她在太阳无私的照耀下，缺了圆，圆了又缺。或许正如同我近六十

心如皓月

年的生活,是我这一生的写照。生命尚存,生活还在继续,很难预料在日后的生活中还会有什么新的艰难险阻、新的困惑与无奈。但无论怎样,我都会勇于面对,用微笑去迎接每一个新的明天。